Heribert Keiner

Der Mann mit dem Kuckuck

Als Gerichtsvollzieher 39 Jahre im Dienst der Justiz in Leverkusen

Heribert Keiner
Der Mann mit dem Kuckuck
© alle Rechte beim Autor
Originalausgabe
Herstellung und Verlag:
Books on Demand GmbH, Norderstedt
ISBN 3-8334-4360-X

Vorwort

Gerichtsvollziehertätigkeit ist ein Knochenjob. Von einer Vielzahl von Fällen muss einerseits darauf geachtet werden, dass die oft erst in einem langen Rechtsweg erstrittenen Ansprüche des Gläubigers auch durchgesetzt werden. Handwerksbetriebe zum Beispiel können eben nicht ewig auf ihr Geld warten. Ferner darf niemand auf die Idee kommen, seine Ansprüche selbst durchzusetzen. Auf der anderen Seite steht nicht selten der unverschuldet in Not geratene Schuldner. Jeder Gerichtsvollzieher findet sich in diesem Interessenspagat zwischen dem Gläubiger und dem Schuldner. Dabei begegnet dem Gerichtsvollzieher das pralle Leben. Spitzbuben und Lügner ebenso wie Arme, die ehrlich versuchen ihre Dinge zu ordnen. Oftmals wird der Gerichtsvollzieher statt zum kühlen Vollstrecker, zum Vermittler, Seelsorger, Berater. Dass er hierbei allerdings auch manche vergnügliche Posse erlebt, ist gewiss. Dem Verfasser dieser Schrift gebührt Dank, dass er sein reichhaltiges erfülltes Berufsleben aufgearbeitet hat und die Nachwelt an seinen Erinnerungen teilhaben lässt. Jedem Leser und jeder Leserin wünsche ich Freude beim Eintauchen in eine sicherlich noch unbekannte Welt.

Hermann-Josef Merzbach
Direktor des Amtsgerichts Leverkusen

Vorwort des Autoren

In diesem Buch möchte ich in lockerer Folge Episoden, Schwierigkeiten mit Schuldnern, Rechtsanwälten, Gläubigern und nicht zuletzt mit den Verwaltungsstellen, aber auch erfreuliche Dinge aus meiner 40jährigen Tätigkeit als Gerichtsvollzieher schildern.

Die nachfolgenden Vollstreckungen haben sich tatsächlich so abgespielt, nur die Schuldner- und Straßennamen sind erfunden.

In den Jahren meiner Arbeit wurde ich sehr oft gefragt, wie ein normaler Mensch auf die Idee kommen kann, Gerichtsvollzieher zu werden. Bei meiner Erklärung, schon mit 14 Jahren Gerichtsvollzieher werden zu wollen, schaute ich dann immer in überraschte Gesichter, die mir zu signalisieren schienen, ich sei wohl nicht richtig im Kopf.

Folgende Geschichte wird von mir erzählt: Als ich mit 14 Jahren die katholische Volksschule verließ, stellte sich natürlich auch die Überlegung ein, die da hieß: „Was soll der Junge nun werden?"

Meine Mutter, eine Kriegerwitwe, hatte so ihre Sorgen mit mir. Ich war in der Schule bei jeder Bestrafung durch die Lehrer dabei und so eine Art Schreckgespenst für die Pädagogen geworden. Hilfesuchend wandte sich meine Mutter an den Rektor meiner Schule mit der Bitte, ihr doch bei der Vermittlung einer Lehrstelle für mich behilflich zu sein.

Scherzhaft habe der Rektor Folgendes gesagt: „Wenn in den nächsten Wochen ein Wanderzirkus unsere Stadt besucht, werde ich fragen, ob der Ihren Sohn nicht mitnimmt."

Er merkte jedoch sofort, dass meine Mutter diesen Scherz nicht verstand, hatte jedoch nicht den Mut, ihn zu revidieren.

Hilfesuchend sprach er den Ortspfarrer an, der mich schon einige Jahre als Messdiener kannte. Dieser erinnerte sich an den stellvertretenden Vorsitzenden des Kirchenvorstandes, der in unserem Ort als Rechtsanwalt

arbeitete. Dieser Mann wurde angesprochen und stellte mich als Anwaltslehrling ein. Dies war der Anfang meiner Verbindung zur Justiz.
Als Lehrling musste ich jeden Tag die Post vom Anwaltsbüro zum Gericht tragen und die für den Anwalt gedachte Post von dort mitnehmen.

Ein wichtiges Erlebnis

Die Eingangstür des Amtsgerichts Rheydt, heute Mönchengladbach, war alt und sehr schwer. Ich hatte mit dem Öffnen der Tür so meine Probleme, denn als 14jähriger war ich mit 48 Kilogramm Körpergewicht nicht gerade sehr stark. Mit größter Kraftanstrengung konnte ich die Tür gerade so öffnen und musste mit Schnelligkeit versuchen, in den Gerichtsflur zu gelangen, bevor sie wieder zurückschwang. Das gelang aber nicht immer, sodass die Tür einmal schneller war als ich und mich am Hinterkopf traf. Den Schmerz ignorierend, ging ich in die Wachtmeisterei und gab dort meine Post ab. Ein zufällig anwesender Gerichtsvollzieher sagte zu mir: „Junge, dein Kopf blutet. Was hast du gemacht?"
Verlegen strich ich mit meiner Hand über den Kopf und bemerkte Blut. Ich erzählte ihm mein Missgeschick und er fuhr mich sofort ins Krankenhaus.
Trotz der Verletzung war ich begeistert von der Autofahrt, denn in diesen Jahren war ein Auto auf den Straßen noch eine Seltenheit.
Von diesem Tag an hatte ich meinen Botengang zum Gericht immer so eingeteilt, dass ich nach Möglichkeit einen Gerichtsvollzieher traf. Froh war ich immer, wenn einer dieser Herren, weibliche Gerichtsvollzieher gab es noch nicht, mich mit seinem Auto mitnahm. Es konnte ruhig auch in die falsche Richtung gehen. Gerne lief ich anschließend drei Kilometer zurück. Hauptsache, ich war mal wieder mit einem Auto gefahren.

Nach Beendigung meiner Lehrzeit trat ich am 15. Mai 1957 beim Amtsgericht Viersen meinen Dienst als Justizangestellter in der Gehaltsgruppe BAT 09 an.

Damals wurde das Gehalt, immerhin stolze 225 Mark, noch in bar von der Gerichtskasse ausgezahlt. Mein Haupttätigkeitsmerkmal war das Bedienen einer mechanischen Schreibmaschine. Elektrische gab es noch nicht. Samstags wurde bis 13 Uhr gearbeitet, wobei ab 12.30 Uhr die Schreibmaschinen gesäubert werden mussten. Dies wurde vom Kanzleivorsteher, damals ein Justizobersekretär, peinlich genau überwacht. Diese Position war damals die Spitzenstellung im mittleren Justizdienst. Hauptsekretäre und Amtsinspektoren gab es noch nicht.

So schrieb ich zwei Jahre lang CSP-Sachen, heute sind das die von der Stadt erlassenen Bußgeldbescheide und Mahnsachen sowie Urteilsgründe in Strafsachen, die der Richter direkt in die Schreibmaschine diktierte. Bei dem Vollstreckungsrichter war ich Protokollführer bei der Abgabe des Offenbarungseides.

Im Jahr 1959 begann ich die Ausbildung für den mittleren Justizdienst, in dem ich nach bestandener Prüfung bis ins Jahr 1964 tätig war, um dann Gerichtsvollzieheranwärter zu werden.

Nach Beendigung der Ausbildung wurde ich am 1. Februar 1966 wegen Überlastung der Gerichtsvollzieher am Amtsgericht Opladen zusammen mit meinen Kollegen Nemitz und Kannen diesem zugeteilt. Beide sind zwischenzeitlich aus dem Justizdienst ausgeschieden, wobei der Kollege Kannen nach seiner Frühpensionierung verstorben ist.

Als Gerichtsvollzieher waren seinerzeit die Herren Gerke, Biesenbach, Wilke, Kraft, Werker, Beldzig und Rosenthal tätig.

Die Kollegen Biesenbach, Kraft und Werker sind inzwischen verstorben. Ebenfalls nicht mehr tätig sind der damalige Behördenleiter Schmitz und der Geschäftsleiter Leimberg.

Völlig ortsunkundig durfte ich mich am 1. Februar 1966 bei dem Amtsgerichtsdirektor Schmitz zusammen mit den Kollegen Kannen und Nemitz vorstellen. Nemitz hatte, weil er aus Opladen stammte, den Vorteil, die genauen Bezirksstrukturen zu kennen.

Amtsgerichtsdirektor Schmitz verwies uns an den damals für Gerichtsvollzieher zuständigen Justizoberinspektor Fuchs. Er lebt inzwischen als Justizamtmann im Ruhestand. Weiterhin waren damals bei der Verwaltung der Justizoberinspektor Kowalski, der später bis zu seinem Tode Geschäftsleiter war, die Justizangestellte Baum, der Justizangestellte Schwiegelshohn und die Justizangestellte Uhde beschäftigt.

Eine kurze Dienstbesprechung wurde für die Gerichtsvollzieher einberufen und los ging es mit der neuen Bezirkseinteilung.

Mir wurden die Ortsteile Küppersteg und Bürrig zugeteilt. Von nun an hatte ich drei soziale Brennpunkte zu betreuen (Eisholz, Schlangenhecke und Schloss Reuschenberg). Alle drei Brennpunkte bestehen heute nicht mehr. Schloss Reuschenberg wurde in den siebziger Jahren abgerissen, was heute sicherlich aus historischer Sicht undenkbar wäre; die Schlangenhecke, zuletzt Asylantenwohnheim, ist auch abgerissen worden und dient jetzt als Parkplatz der Firma TMD Friction GmbH. Die Häuser im Eisholz wurden mit großem Erfolg verkauft.

Nach der Bezirksverteilung wurde uns die Gerichtsvollzieherverteilungsstelle gezeigt, die sich in der früheren Telefonzentrale befand. Dort agierte der beliebte Justizangestellte Paul Lindlar als Telefonist und Verteiler der Vollstreckungsanträge.

Lindlar nahm alle Gespräche an und leitete sie weiter. Eine Direktwahl gab es noch nicht. Er hatte außerdem die Aufgabe, alle Schreiben und Anträge an die Gerichtsvollzieher in eigens für jeden Kollegen angelegte Hefte einzutragen.

Für die Prüfungsbeamten war es Pflicht, bei Geschäftsprüfungen die Eintragungen mit den Aufzeichnungen in den Registern der Gerichtsvollzieher zu vergleichen. Das war ein schönes Spiel für strebsame Prüfungsbeamte. Als solche waren damals die Herren Fuchs, Kowalski und Leimberg tätig sowie der wegen seiner Genauigkeit und Prüfungsintensität gefürchtete Bezirksrevisor Seeger.

Doppelte Buchführung, Eintragungen der Erledigungsart plus Kostenrechnung in den Dienstregistern und Kassenbüchern machten das Gerichtsvollzieherleben schwer. Taschenrechner waren noch nicht bekannt und Fotokopiergeräte gab es nicht. Jeder planmäßige Richter nannte sich Amtsgerichtsrat und die dieses Ziel noch nicht erreicht hatten, wurden Gerichtsassessoren genannt. Titelfreudig gab man sich in dieser Zeit.

Der erste Tag im Außendienst

An diesem ersten Arbeitsmorgen konnte ich nicht sagen, dass es mir sehr gut ging. Es war ein seltsames, wenn nicht ängstliches Gefühl erstmals ganz auf sich gestellt Vollstreckungsorgan zu sein. Mit einem für 800 Mark erstandenen Gebrauchtwagen älteren Datums ging es von meinem damaligen Wohnort Düsseldorf aus nach Leverkusen.

Mithilfe des Stadtplans hatte ich mir die Aufträge nach Straßen sortiert zurechtgelegt und war wohl mit meinen Gedanken schon bei dem ersten Schuldner. Tatsächlich achtete ich nicht auf die Straßenführung des Mühlenwegs in Bürrig und kalkulierte vermutlich die starke Linkskurve hinter der Myliusstraße falsch ein, kam jedenfalls teilweise auf die linke Seite und stieß frontal mit einem anderen Fahrzeug zusammen.

Die Folge war ein Totalschaden meines Autos und die spätere Erhöhung des Versicherungsbeitrages. Der Wagen wurde abgeschleppt und verschrottet. Der Gegner fuhr mich zum nächsten Gebrauchtwagenhändler und ich kaufte wieder ein altes Vehikel. Mehr war nicht möglich, weil ich kein Geld für ein vernünftiges Auto hatte.

Der Kollege Gerke, damals schon Autoliebhaber und stolzer Besitzer eines Mercedes', fuhr mich nach Hause. Für diesen Tag war ich bedient. Nichts hatte ich verdient und nur Kosten gehabt.

Wie das Leben so spielt, wurde mein Unfallgegner viele Jahre später mein treuer Kunde.

Am nächsten Tag ging es wieder los. Zunächst fuhr ich mit der Bahn von Düsseldorf nach Küppersteg, wo ich das für mich neue, aber im Wert alte Auto abholte, um mich damit auf den Weg zu meinem ersten Kunden zu machen.

Bei dem Vorbereiten der Akten hatte ich schon festgestellt, dass viele Anträge zur Vollstreckung in der Villa Schulda vorlagen. Es ging nicht um einen, sondern um verschiedene Schuldner. Etwas eigentümlich kam mir das schon vor. Villa Schulda lag etwas versteckt in einem Wald, abgeschirmt von einer Bundesbahntrasse. Einige Male fuhr ich suchend über die angegebene Straße. Die Villa Schulda konnte ich jedoch nicht finden, weit und breit war kein Haus zu sehen. Ein älterer Mann kam mir entgegen. Er war fast so alt wie ich heute.

Ich sprach ihn an und er blickte mich nach meiner Frage nachdenklich an. Er meinte: „Junger Mann, was wollen Sie dort? Es ist ein gefährliches Pflaster. Das Auto lassen Sie am besten stehen."

Er zeigte mir den Weg und nach kurzer Zeit stand ich vor einer etwas verwahrlosten und nicht vertrauenserweckenden Villa.

Auf dem Villen-Vorplatz sah ich fußballspielende Kinder. Ein ängstliches Gefühl beschlich mich bei dem Gedanken, dieses Haus in meiner Amtseigenschaft betreten zu müssen.

Den Fußballplatz der Kinder musste ich überqueren und plötzlich lag der Fußball vor meinen Füßen.

Ich konnte dem Drang nicht widerstehen, spielte mit und hatte dadurch wohl auch schon die Sympathie der mich aus dem Fenster beobachtenden Erwachsenen erobert.

Zuerst besuchte ich die Sturmas, eine Familie mit 17 Kindern. Sie hatten bei einem Versandhaus bestellt. Es wurde der Kühlschrank gepfändet, damals noch Luxus, sowie viele andere Sachen, die heute zum täglichen Leben gehören.

Danach suchte ich Käthe Schwupi, eine ledige Dame mit drei Kindern auf.

Käthe Schwupi hatte einen Staubsauger bei *Werkvor* gekauft, schimpfte über den zu hohen Preis, lobte aber die Saug-Qualität, obwohl die Wohnung nicht nach einem häufigen Staubsaugergebrauch aussah. Widerstandslos ließ sie den Staubsauger pfänden.

Danach kam ich zur Familie Trumpfals. Auch sie war kinderreich. Zehn Kinder hatten sie, waren aber im Gegensatz zu den anderen Familien in der Villa auffallend ordentlich und hielten die Wohnung sauber. Doch auch sie waren sehr schuldenreich. Sie hatten fast zeitgleich bei verschiedenen Versandhäusern eingekauft und nichts davon bezahlt.

Auf meine Frage, warum sie das getan hätten angesichts der leeren Kasse, wurde treu geantwortet: „De Kenger müsse doch anständig herumlope." Zu Deutsch: „Die Kinder müssen doch anständig angezogen herumlaufen."

Dies war eine Argumentation, der ich nichts entgegensetzen konnte. Ich pfändete das Fernsehgerät.

Zuletzt besuchte ich Willi und Luischen Erpi. Willi, ein Mann von zwei Metern, hatte Hände wie Schaufeln und war Bauarbeiter von Beruf.

Luischen besaß eine schrille Stimme mit hysterischem Anstrich. Wenn sie loslegte, verstand ich mein eigenes Wort nicht mehr.

Willi begrüßte mich mit den Worten: „Ich weiß, wer du bist, die Kinder haben es mir schon erzählt. Fußballspielen kannst du gut. Der alte Knacker, der sonst kam, konnte ja kaum lachen." Mein Vorgänger war der Obergerichtsvollzieher Biesenbach.

Luischen hatte für ihre Kinder bei dem Leverkusener Textilhändler Heimjung Textilien bestellt. Heimjung, ein stadtbekanntes Geschäftsoriginal, organisierte seinen Umsatz nur aus Ratenzahlungsgeschäften, vornehmlich in den so genannten *sozialen Brennpunkten.* Unter lautstarkem Protest pfändete ich einen Kühlschrank, ein Fernsehgerät und eine Polstergarnitur. Anschließend besuchte ich Trixi Trax. Sie war als Bardame in einem Nachtclub beschäftigt. Leicht bekleidet und etwas verschlafen öffnete sie die Tür.

Die Wohnung roch nach Parfüm ganz süßlicher Art. Sie hatte ihr Arbeitsmaterial bei einem großen Versandhaus bestellt und die Bezahlung vergessen. Nach der Überwindung ihrer Schläfrigkeit verstand sie meinen Besuch falsch. Zunächst wurde ich von ihr als Kunde eingestuft und sie fragte mich nach meinen Sonderwünschen. Erst als ich mit etwas lauterer Stimme meinen Beruf erwähnte und mein Anliegen vortrug, verstand sie, was ich von ihr wollte. Ich pfändete eine mit einem Baldachin versehene Couch.

An diesem Tag erledigte ich 15 weitere Vollstreckungsanträge, die jedoch alle ohne Erfolg blieben.

Geschafft und erschöpft von der Arbeit am ersten Tag kam ich zu Hause an.

Spannend fand ich meine Arbeit und ich freute mich auf eine ruhige Nacht.

Bekanntschaft mit einem Grizzlybären

Henrik, ein bekannter Dompteur bei einem noch bekannteren Zirkus, hatte sich, bedingt durch sein Alter, mit seinem Chef zerstritten und wurde entlassen. Juko, seinen Grizzlybären, durfte er mitnehmen. Mit einem uralten Auto und einem Anhänger fuhr er durch unser Land und, weil es ihm in Leverkusen so gut gefiel, ließ er sich im Reuschenberger Wald im Tierpark nieder. Er stellte den Käfig auf und bettelte die Besucher an. Schließlich musste er sich und das Tier durchbringen. Das Auftauchen von Mann und Bär war eine Attraktion für die Besucher, jedoch ein Ärgernis für die Behörden.

Sie verklagten Henrik und erreichten ein Räumungsurteil. Die Sache landete bei mir.

Ich setzte einen Räumungstermin an und benachrichtigte die Parteien. Wütend schrieb mir Henrik und drohte im Falle einer Räumung seinen geliebten Grizzlybär auf uns zu hetzen.

Ich bestellte zum Räumungstermin die Polizei und die Ordnungsbehörden. Notfalls sollte das Tier erschossen werden.

Einige Tage vor dem Räumungstermin kam ich auf die Idee, mir Henrik und den Grizzlybär aus nächster Nähe anzusehen.

Henrik war freudig überrascht, dass ich mich für ihn und sein Tier interessierte. Die Presse hatte einen Tag zuvor ausführlich über seinen Fall berichtet. Er schimpfte über den Gerichtsvollzieher und zeigte mir die Räumungsbenachrichtigung. Ich versuchte ihm klar zu machen, dass der Gerichtsvollzieher doch keine Schuld hätte. Ich sagte, er würde doch nur seine Amtshandlung durchführen. Plötzlich hatte er für den Gerichtsvollzieher Verständnis und seine Wut richtete sich jetzt gegen die Stadtverwaltung Leverkusen.

Nachdem ich mich nun aus seiner Schusslinie entfernt hatte, gab ich mich zu erkennen und schlug ihm vor, gemeinsam nach einer Lösung zu suchen.

Ich schlug ihm vor, den Kölner Zoo um Hilfe zu bitten. Weiterhin sagte ich ihm, dass ich mich für ihn bei einer Leverkusener Wohnungsgesellschaft um eine Wohnung für ihn einsetzen würde.

Ich telefonierte mit dem Kölner Zoo. Der war sofort bereit, das Tier zu übernehmen und Henrik als Tierpfleger einzustellen. Ebenfalls bot ihm das Leverkusener Wohnungsunternehmen eine Wohnung an.

Henrik war begeistert. Er hatte jetzt eine bessere Meinung von den Behörden. Bis er später starb, lebte er noch einige Jahre im Leverkusener Stadtteil Mathildenhof.

Geruchsbelästigung

Jakobine war mir schon seit Monaten als Schuldnerin bekannt. Sie wohnte in einem Hinterhaus. Ich traf sie nicht an und kündigte meine späteren Besuche mehrmals schriftlich an, jedoch ignorierte Jakobine meine Aufforderungen, sodass ich den Spediteur und den Schlüsseldienst bestellte.

Die Wohnung wurde geöffnet und ich pfändete einen Wohnzimmerschrank und eine Musiktruhe. Beim Abbau des Wohnzimmerschrankes begleitete uns ein unangenehmer Geruch, dem toilettenhafte Züge anhafteten. Niemand von uns konnte jedoch den Ursprung feststellen. Wir öffneten den Kühlschrank, aber auch dort konnte nichts festgestellt werden. Wir stellten die Suche ein und fanden uns mit dem Geruch ab. Die Tür zum Hof war sehr eng und die Speditionsarbeiter mussten sehr vorsichtig zu Werke gehen.

Zwischen der Tür und dem Hof war eine kleine Einbuchtung in der Wand. Plötzlich rutschte ein Speditionsarbeiter aus und er versuchte seinem Bein in der Einbuchtung Halt zu geben und stieß gegen einen Eimer. Der Eimer kippte um und es ergoss sich der Inhalt, vermutlich handelte es sich um Abfallprodukte aus Jakobines Körper, über sein Bein.

Die Ursache des Geruchs war geklärt und der arme Arbeiter hatte auch etwas Glück. Im Garten fand er einen angeschlossenen Gartenschlauch. Mit diesem spritzte er sich ab. Im Anschluss war er zwar nass, aber sauber.

Kindeswegnahme

Eine der unangenehmsten Arbeiten der Gerichtsvollzieher sind die Kindeswegnahmen. Vater Egon, der von seiner einst geliebten Frau Anna getrennt lebte, hatte Sehnsucht nach seinem dreijährigen Sohn. Er wollte ihn einfach sehen und machte sein Besuchsrecht geltend.

Anna war jedoch nicht zur bereitwilligen Übergabe des Kindes bereit.

Dieser Beschluss gab ihm das Recht notfalls mithilfe des Gerichtsvollziehers sein Besuchsrecht geltend zu machen.

Er erklärte mir vorab, dass seine Frau hysterisch, aggressiv und bösartig sei.

War es nur seine persönliche Antipathie gegen die Frau oder war es wirklich so, wie er es schilderte?

Als Gerichtsvollzieher bestand stets Unsicherheit darüber, was von diesen Erklärungen zu halten war.

Ich sah zunächst von einem Polizeieinsatz ab. Auf der Fahrt zur Wohnung seiner Frau jedoch erzählte er mir ständig von ihrer Bösartigkeit.

Als wir vor der Tür angekommen waren, erklärte er mir, dass sein Sohn in dem vor dem Hause eingerichteten Sandkasten spiele. Seine Frau war nicht zu sehen. Ich sagte ihm, er solle mit seinem Sohn sprechen und wenn er mit ihm ginge, würde ich die beiden wegfahren und später seine Frau benachrichtigen. Für mich schien das die leichteste Art der Erledigung zu sein.

Egon sprach seinen Sohn an, der freute sich, seinen Vater zu sehen, ging bereitwillig mit und wir fuhren los.

Plötzlich, wir befanden uns gerade auf dem Willy-Brandt-Ring, hörten wir ein Martinshorn. Der Polizeiwagen überholte uns, schnitt unsere Fahrbahn und zwang mich zu einem heftigen Bremsmanöver. Zwei Polizisten mit der Pistole im Anschlag sprangen heraus und liefen auf mein Auto zu. Ich erklärte ihnen den Sachverhalt, doch erst nach Einsichtnahme meines Dienstausweises entspannte sich die Lage.

Es stellte sich heraus, dass ein aufmerksamer Nachbar unser Tun verfolgt und an eine Kindesentführung gedacht hatte. Auf meine Bitte hin übernahm die Polizei die Benachrichtigung von Egons Frau.

Räumungsurteil

Die Vollstreckung eines Räumungsurteils ist wohl die schlimmste und einschneidenste Vollstreckung in den Lebensraum eines Schuldners.

So bekam ich einen Räumungsauftrag gegen Lisa. Sie war etwa 20 Jahre alt und bewohnte ein Apartment. Ich terminierte die Räumung und bestellte die Spedition sowie den Schlüsseldienst. Die Parteien wurden von mir benachrichtigt.

Am Tag der Räumung wurde uns die Wohnung nicht geöffnet und ich ließ sie durch den Mitarbeiter des Schlüsseldienstes öffnen. Penetranter Geruch kam uns entgegen. Lisa lag auf der Couch, schlief und konnte auch nicht durch energisches Rufen in die Wirklichkeit zurückgeführt werden.

Uns wurde klar, dass sie irgendwelche Mittel genommen hatte. Wir riefen die Polizei und die Feuerwehr. Lisa wurde ins Krankenhaus gebracht.

Am Tag danach erkundigte ich mich nach ihrem Gesundheitszustand. Beruhigend war zu hören, dass sie sich auf dem Weg der Besserung befand. Sie hatte eine Überdosis Schlaftabletten genommen und der Magen war ihr ausgepumpt worden.

Später erfuhr ich davon, dass sie schwanger war, ihr Freund sie verlassen hatte und sie in Panik geraten war.

Ihren weiteren Lebensweg behielt ich einige Jahre im Auge. Sie fand einen Mann, das Kind hatte keinen Schaden erlitten und später wurde sie Vorsitzende einer katholischen Frauengemeinschaft.

Lisa hatte im wahrsten Sinne des Wortes die positive Lebenskurve hingekriegt. Es war schön, dies als Gerichtsvollzieher erleben zu dürfen.

Emilie und meine Brille

Emilie, verlassen von ihrem Mann und verantwortlich für zwei kleine Kinder, hatte für ihren Mann, einem in Schulden geratenen selbstständigen Handwerker, gebürgt.

Ich stellte fest, dass sie keine pfändbaren Sachen besaß. Sie wirkte auf mich alkoholisiert, verzweifelt und depressiv. Plötzlich griff sie meine Brille, legte sie in ihren Ausschnitt und bat mich, danach zu suchen. Überrascht, verstört und verlegen bat ich sie um Rückgabe. Sie war nicht zu erweichen. Ich strebte dem Ausgang zu. Sie jedoch wollte mich zurückhalten und mit Mühe und Kampf stand ich etwas sehbehindert im Hausflur. Meiner Frau erzählte ich dieses amüsante Missgeschick. Am nächsten Tag wollte ich die Brille wieder abholen.

Nach meinem Klingeln öffnete Adi, der vierjährige Sohn. Er hielt meine Brille in der Hand, übergab sie mir und verschloss anschließend die Tür. Wahrscheinlich hatte Emilie mein Kommen bemerkt. Meine Frau reinigte die Brille mit Salzwasser. Bei späteren Besuchen war Emilie zwar etwas verlegen, aber keiner von uns brachte die Sache mehr zur Sprache.

Der Kampf mit dem Staubsauger

Jonathan hatte bei einem Vertreter einen Staubsauger gekauft, aber nicht bezahlt. Bei meinem Erscheinen ließ er den Staubsauger ohne Schwierigkeiten pfänden. Ich bestimmte den Versteigerungstermin und an diesem Tag wollte ich den Staubsauger abholen. Jonathan ließ mich zwar in seine Wohnung, verweigerte mir aber die Herausgabe des Pfandstücks. Ich rief die Polizei zur Hilfe und gemeinsam mit dem Transportarbeiter klingelten wir bei Jonathan, der begrüßte uns freundlich und wünschte uns beim Suchen des Staubsaugers viel Vergnügen. Meiner inständigen Bitte, er möge uns den Staubsauger aushändigen, kam er nicht nach.

Wir durchsuchten die Wohnung und machten auch vor dem Schlafzimmer nicht halt. Dabei wurde Jonathan sehr wütend und verwehrte uns den Zutritt ins Schlafzimmer mit den Worten, das sei seine Intimsphäre, hier kämen wir nicht herein, im Übrigen läge seine Frau noch im Bett. Mit leichter Gewalt schoben ihn die Polizeibeamten zur Seite. Tatsächlich lag seine Frau nicht im Bett. Unter dem Bett fanden wir den Staubsauger. Jonathan rastete vollkommen aus und wollte voller Kraft dem Polizisten den Staubsauger wieder entreißen. Doch der Polizist zog den Staubsauger kräftig an sich, ließ ihn dann los und Jonathan flog mit dem Staubsauger quer durch sein geheiligtes Schlafzimmer. Jonathan hatte während seines unfreiwilligen Fluges durch das Schlafzimmer den Staubsauger losgelassen. Er fiel auf den Boden und wir konnten ihn aufheben. Der Widerstand Jonathans war gebrochen und verblüfft ließ er uns ziehen.

Leo, Liebling seiner Mutter

Leo, der erwachsene Sohn seiner Mutter, wurde von ihr wie ein kleines Kind behandelt. Sie behütete ihn wie ein minderjähriges Kind nach dem Motto: „Egal, was kommt, der Junge ist immer unschuldig".

Nach drei gescheiterten Ehen mit insgesamt elf Kindern zog er wieder ins elterliche Haus. Er hatte nicht nur Unterhaltsschulden, sondern auch Verbindlichkeiten aus Autokäufen, Urlaubsreisen und Bestellungen bei Versandhäusern und Möbelfirmen.

Arbeitslos war er zu einer Zeit, als Arbeitslosigkeit noch eine Ausnahme war.

Bei meinem häufigen Erscheinen zahlte die Mutter stets. Als ihre Ersparnisse aufgebraucht waren, ließ sie eine Hypothek auf ihr Haus eintragen. Bei meinen Besuchen hatte die Mutter oft Blessuren wie Nasenbeinbruch, Platzwunden im Gesicht, Armbruch und ständig blaue Flecken im Gesicht.

Auf meine Fragen antwortete sie stets, dass sie sich gestoßen habe, dass sie gefallen oder ausgerutscht sei. Geglaubt habe ich ihr dies nie. Sie starb nach einem

Treppensturz. Alle Ermittlungen einer Fremdschuld verliefen ergebnislos. Das Haus wurde zwangsversteigert. Leo wurde zwangsgeräumt und landete auf der Straße. Kurze Zeit später starb er an einer Alkoholvergiftung.

Josef vom Familiensupermarkt

Josefs Vater unterhielt ein kleines Lebensmittelgeschäft, das er bereits von seinem Vater übernommen hatte. Er lebte bis in die sechziger Jahre hinein nicht schlecht von seinen Umsätzen.

Ab und zu gehörte er auch zu meinen Kunden und er zahlte bei meinem Erscheinen immer.

Irgendwann ließ sich ein Supermarktkonzern in seiner unmittelbaren Nachbarschaft nieder, der seine Artikel zu einem Preis anbot, die Josef noch nicht mal zum Einkaufspreis im Großhandel erzielen konnte.

Josefs Umsatz ging zurück. Er sah die Zeichen der Zeit nicht. Immer öfter musste ich ihn besuchen. Er kämpfte weiter, zahlte schleppender und die ersten Schecks von ihm wurden mir nicht eingelöst. Ich sprach ihm Mut zu und empfahl den Verkauf seines Hauses. Er wollte sein Geschäft jedoch nicht aufgeben und sagte mir immer wieder, dass er dies seinen Eltern nicht antun könne, bestünde der Laden doch bereits seit 100 Jahren.

Mein gut gemeintes Zureden half nichts. Er wurschtelte von Monat zu Monat weiter. Sein Haus hatte er durch die Bank zwischenzeitlich stark belastet.

Ich stellte ihm im Auftrage der Bank die ihn verpflichtenden notariellen Urkunden zu. Es war wohl das Einläuten der Zwangsversteigerung seines Hauses. Einige Tage später erschien ich bei ihm mit einem neuen Vollstreckungsantrag und traf seine deprimierte und weinende Frau an. Josef war in der Nacht in die Garage gegangen, hatte das Tor geschlossen, sich unter das Auto gelegt und die Giftgase eingeatmet. Jede Hilfe kam zu spät.

Makabere einstweilige Verfügung

Zeppelino und Antonia waren mir seit Jahren als Schuldner bekannt. Sie waren ebenso kauffreudig wie zerstritten und nach einigen Jahren stand die Scheidung an. Ihr ältester Sohn, 16 Jahre alt und Lehrling in einem Radiogeschäft, verkraftete die Trennung seiner Eltern nicht. Antonia fand ihn erhängt auf dem Dachboden des Hauses.

Zeppelino wollte von seinem Sohn in der Leichenhalle Abschied nehmen. Mutter Antonia, voller Hassgefühle gegen ihren Mann, verbot den Bediensteten der Friedhofsverwaltung ihrem Mann den Zutritt zur Leichenhalle zu gewähren und begründete diese Meinung mit ihrem Sorgerecht für den verstorbenen Jungen.

Zeppelino beantragte beim Amtsgericht eine einstweilige Verfügung, die mich ermächtigte, ihm den Zutritt zur Leichenhalle zu erzwingen.

Mit ihm fuhr ich zur Friedhofsverwaltung, legte die einstweilige Verfügung vor und Zeppelino konnte von seinem Sohn Abschied nehmen.

Johann und seine Prozessfreudigkeit

Johann war ein Mann mit Hochschulbildung und selbstständiger Unternehmer in der Baubranche. Er kam durch den Bauboom in den Nachkriegsjahren zu einem gewissem Reichtum. Nach der alten Lebenserkenntnis „Geld verdirbt den Charakter" war aus ihm im Laufe der Jahre ein Mensch geworden, der immer Recht hatte, sich mit jedem anlegte und mit schlechten Materialien mangelhaft baute.

Die Folge waren viele Schadensersatzprozesse, die auf ihn zukamen, die er alle verlor.

Nach den verlorenen Prozessen zahlte er die Hauptsummen direkt. Bezüglich der Zinsen und Kosten ließ er es auf meine Tätigkeit ankommen.

Bei jeder Vollstreckung durch mich öffnete er die Tür, stellte sich mit seiner vollen Größe und Breite, er war 1 Meter 80 groß und wog rund 150 Kilogramm, in den Türrahmen und schrie laut: „Sie wissen, es ist alles bezahlt. Bei der Justiz arbeiten nur Idioten." Dann knallte er die Tür wieder zu und schon war die Vollstreckung aus seiner Sicht beendet, aus meiner Sicht jedoch nicht.

Bei der Polizei war er durch seine aggressive Fahrweise mit dem Auto bekannt und wurde deshalb öfters angehalten. Gegenüber den Polizeibeamten verteidigte er sich lautstark mit dem Argument, dass er sich von den staatlichen Organen verfolgt fühlen würde.

Durch sein Verhalten war sein Name bekannt und die Polizisten stellten sich auf seine Verhaltensweisen ein.

Ich benachrichtigte die Polizei und bat sie, mir bei der Vollstreckung zu helfen. Die Polizisten erschienen sehr schnell. Es wurde geklingelt und Johann öffnete schimpfend und polternd die Tür, stellte sich in voller Breite in den Türrahmen und schrie die Polizeibeamten an: „Verschwindet, ihr Arschlöcher! Die nächste Dienstaufsichtsbeschwerde kommt heute noch. Ihr werdet im Leben nicht mehr befördert und den Gerichtsvollzieher werde ich sofort absetzen lassen."

Mit sanftem, aber energischem Druck wurde Johann an die Seite geschoben und wir standen in der Diele. Jonathan trat den Rückzug an und gab seine Wohnung frei.

Im Wohnzimmer pfändete ich mehrere Gegenstände, die aber zur Realisierung der Forderung nicht ausreichten.

Ich bat ihn nun, mir die Durchsuchung seines Hauses zu gestatten.

Doch er widersprach energisch mit dem Hinweis, dass nun genug gepfändet sei. Die Polizisten drohten ihm mit dem Anlegen von Handfesseln und der möglichen Einlieferung in das Polizeigefängnis mit der Feststellung, dass ohne ihn die Vollstreckung wohl ruhiger verlaufen würde. Die klare Ansage beruhigte Johann und er wurde ruhiger.

Um jedoch in die weiteren Zimmer zu gelangen, mussten wir das komfortable Schwimmbad durchschreiten. Auf diesem Weg bekam Johann wieder einen kleinen Wutausbruch. Einer der Polizisten hatte das Gefühl, dass Johann auf seinem Fuß stand und schubste ihn energisch weg. Johann verlor das Gleichgewicht und lag schnell in voller Kleidung in seinem Schwimmbecken. Wütend und schimpfend entstieg er dem Schwimmbecken, rief nach seiner Frau, die ihm direkt trockene Kleidung brachte, und er zog sich zerknirscht zurück in seine Umkleidekabine.

Die übrigen Räume konnten durchsucht werden. Ich pfändete noch einige Gegenstände und wir verließen das gastliche Haus.

Eine Ablichtung des Pfändungsprotokolls mit der Bestimmung des Versteigerungstermins übersandte ich ihm. Dienstaufsichtsbeschwerden gegen die Polizisten und gegen mich kamen. Stellungnahmen mussten geschrieben werden. Johann hatte uns mal wieder viel Arbeit gemacht. Vor dem Versteigerungstermin ging, wie es immer bei ihm war, die Forderungssumme bei mir ein.

Die Sache war bis zur nächsten Aktion abgeschlossen.

Prekäre Situation

Unangenehm sind Vollstreckungen von einstweiligen Verfügungen und Arresten. Bei diesen handelt es sich um ein gerichtliches Schnellverfahren: Der Antragsteller muss an Eides statt die Eilbedürftigkeit erklären und bekommt einen Beschluss des Gerichts, den man einstweilige Verfügung nennt, zur sofortigen Vollstreckung durch den Gerichtsvollzieher. Der Antragsgegner kann nach der Vollziehung der einstweiligen Verfügung Widerspruch dagegen einlegen und seine Rechte im Nachverfahren geltend machen.

So hatte kurz vor Wintereinbruch eine Familie aus dem fahrenden Volk eine leer stehende Doppelhaushälfte besetzt.

Die Eigentümerin, eine große Wohnungsbaugesellschaft, erwirkte eine einstweilige Verfügung und beauftragte mich mit der Räumung der illegal besetzten Wohnung.

Mit dem Vertreter der Wohnungsbaugesellschaft suchte ich die Leute auf und versuchte unter Zustellung der einstweiligen Verfügung die Bewohner mit guten Worten zur Aufgabe der Wohnung zu bewegen.

Alle Bemühungen waren umsonst. Sie wollten oder konnten die deutsche Sprache nicht verstehen. Ein Dolmetscher wurde zur Übersetzung hinzugezogen. Ich bemühte mich nochmals mit aller Freundlichkeit, die Leute zur Aufgabe der Wohnung zu bewegen. Doch es war vergeblich.

Ich forderte telefonisch die Polizei zur Verstärkung an. Bei dem Versuch, die Personen mit sanfter Gewalt aus der Wohnung zu tragen, zückte eine Frau plötzlich ein Messer und hielt es ihrem Baby an den Hals. Uns war klar, dass sie im nächsten Augenblick zustechen würde, wenn wir die Aktion nicht abbrachen.

Wir zogen uns zurück und die Polizei zog einen ihr bekannten Psychologen hinzu. Der Mann ging zusammen mit einem Zivilbeamten ins Haus. Wir warteten auf der Straße und nach 15 Minuten kamen sie mit der Mutter und dem Baby aus dem Haus. Der Widerstand war gebrochen. Die übrigen 15 Mitglieder der Familie folgten und sie zogen weiter. Diese Vollstreckung dauerte drei Stunden.

Johanna, die unglückliche Ehefrau

Johanna fühlte sich von ihrem Ehemann geschlagen und gedemütigt und spielte mit dem Scheidungsgedanken. Die Eheleute waren mir als Schuldner bekannt. Sieben Kinder hatte sie, die teilweise bei Pflegeeltern lebten.

Johanna erschien in meinem Büro, ausgestattet mit einer einstweiligen Anordnung. Diese ermächtigte mich, ihren Mann aus der Wohnung zu entfernen.

Das Gesicht Johannas war stark angeschwollen. Weinend erzählte sie mir von den körperlichen Übergriffen ihres Mannes.

Sie berichtete mir, dass ihr Mann am Abend gegen 21 Uhr erst wieder in der ehelichen Wohnung erscheinen würde.

Wir setzten den Vollstreckungstermin auf 21.30 Uhr fest.

Auf Johannas Bitten bestellte ich die Polizei und den Schlüsseldienst.

Polizei und Schlüsseldienst erschienen pünktlich. Nur Johanna war nicht zu sehen. Ich klingelte, doch es öffnete mir niemand. Energisches Klopfen an der Tür nutzte ebenfalls nichts.

Sorgen machten wir uns um Johanna. Wir befürchteten, dass sie von ihrem Mann zusammengeschlagen worden war.

Ich ließ die Wohnung öffnen. Im Wohnzimmer und in der Küche fanden wir niemanden. Im Kinderzimmer lagen die Kinder friedlich schlafend in ihren Betten.

Aus einem der weiteren Zimmer kamen keuchende und stöhnende Geräusche. Was wir zu sehen bekamen, war Johanna mit ihrem Mann beim Liebesspiel. Unsere Anwesenheit registrierten sie zunächst nicht. Erst das Husten eines Polizisten machte sie auf uns aufmerksam.

Etwas verlegen stellten sie ihren Vermehrungsprozess ein und entschuldigten sich damit, sie hätten sich wieder vertragen.

Unterwegs mit Lucia

Die Firma Lala GmbH, ein größeres Unternehmen aus Leverkusen, pflegte schon seit vielen Jahren

Geschäftsbeziehungen mit Lucia aus München. Lucia, Gesellschafterin eines Mittelstandbetriebes, hatte ständige Geschäftsverbindlichkeiten von rund 250.000 Mark bei der Firma Lala. Die Firma hatte erfahren, dass sich Luca angeblich mit ihrem gesamten Vermögen ins Ausland absetzen wolle.

Lucia wurde zu angeblichen Verkaufsgesprächen von der Firma Lala nach Leverkusen eingeladen.

Der Anwalt der Firma Lala beantragte beim Amtsgericht Leverkusen einen persönlichen Arrest, was nichts anderes bedeutete, als dass Lucia inhaftiert werden sollte.

Der Arrestbeschluss wurde erlassen und ich bekam ihn zur Vollstreckung.

Mit dem Beschluss fuhr ich zu den Geschäftsräumen der Firma Lala und traf Lucia, die völlig überrascht war, dort an.

Nach der ersten Überraschung ging sie mit mir und wir fuhren mit dem vom Amtsgericht zur Verfügung gestellten Wagen zur Justizvollzugsanstalt Ossendorf, was heute unmöglich wäre. Bei der Aufnahme der Personalien fragte der Beamte nach dem Personalausweis. Lucia konnte in ihrer Tasche den Personalausweis nicht finden. Nico, ein sehr eifriger und von sich überzeugter Gefängnisbeamter lehnte die Aufnahme von Lucia ab und verwies uns an den polizeilichen Erkennungsdienst. Auch Lucias Führerschein konnte ihn nicht umstimmen.

Meine Bitte, Lucia unter meiner Verantwortung einzuliefern, begegnete er mit einem Sachvortrag über seine Dienstvorschriften und mit dem leisen Vorwurf, dass ich diese nicht kannte.

Nico hatte Recht, das wusste ich. Besser die Dienstvorschriften beachten, als eine einfache, aber risikobeladene Entscheidung fällen.

Lucia sah gut aus und mit ihrer liebenswürdigen Erscheinung konnte Nico ihrer Bitte um ein Telefonat mit ihrem Anwalt nicht widerstehen. Handys gab es in dieser Zeit nicht. Ihr Anwalt teilte mir mit, dass er noch an diesem Abend die Aufhebung des Arrestes durch den Richter erwirken würde.

Also ging es ins Polizeipräsidium. Kaum angekommen, ging dort das Telefon und der Richter hob den Arrestbefehl telefonisch auf.

Nach meinem Rückruf bekam ich seine Bestätigung. Die Begründung des Richters lautete, Lucia habe durch ihren Anwalt anwaltlich versichern lassen, dass sie eine Bankbürgschaft in Höhe von 300.000 Mark erwirkt hätte, die der Anwalt dem Gericht am nächsten Tag vorlegen würde.

Feierabend hatte ich an diesem Tag gegen 3.30 Uhr und tatsächlich ging die Bankbürgschaft am nächsten Tag bei Gericht ein.

Als starker Mann in der Notunterkunft

Antonio, feuriger, aber alkoholabhängiger, 1 Meter 95 großer Mann galt in der Rangordnung der Notunterkunft als unumschränkter Herrscher und schlagkräftiger König. Dies alles war mir jedoch bei der Ausführung meines Pfändungsantrages noch nicht bekannt.

Ich sagte ihm, dass ich sein Farbfernsehgerät, noch eine Seltenheit in den siebziger Jahren, pfänden müsse.

Antonio lamentierte und drohte mir Prügel für den Fall des Pfändens an. Er war sehr stark angetrunken.

Als ich auf das Fernsehgerät zuging, hatte ich das Gefühl, dass Antonio mich von hinten angreifen wollte. Ich sprang zur Seite, doch Antonio schlug mit solcher Gewalt zu, dass er, bedingt durch seinen Alkolholgenuss das Gleichgewicht verlor und mit dem Kopf auf den Fernsehtisch aufschlug.

Der Erfolg bestand in einer stark blutenden Platzwunde und in dem Verlust des Bewusstseins. Ich lief in die nächste Telefonzelle und rief den Krankenwagen an. Antonio wurde ins Krankenhaus geschafft und dort eine Woche lang behandelt. Ich besuchte ihn und gemeinsam bedauerten wir diesen Vorfall.

Antonio erzählte in seiner Nachbarschaft von meiner angebliche Boxsportvergangenheit, um seinen Ruf nicht zu gefährden. Plötzlich war ich der gefürchtete und starke Mann in der Notunterkunft. Oft wurde ich in der Nachbarschaft gelobt, denn viele hatten Antonio diese Prügel gegönnt.

Rattengift in der Notunterkunft

An einem schönen Frühlingsmorgen kam ich mit meinem VW-Käfer auf dem Parkplatz der Notunterkunft an.
Viele der Bewohner standen in einer Gruppe zusammen. Sie diskutierten miteinander und als ich näher kam, sah ich ein etwa drei Jahre altes Kind auf dem Boden liegen.
Toni, ein Kunde von mir, jammerte und sagte, sein Sohn hätte in einem der anliegenden Gärten etwas gefunden und anschließend gegessen.
Das Kind krümmte sich vor Schmerzen. Kurz entschlossen legte Toni sein Kind in den Käfer und wir fuhren in das städtische Krankenhaus. Die Ärzte stellten fest, dass das Kind Rattengift gegessen hatte. Das Kind wurde gerettet. Toni, den ich noch jahrelang betreute, war mir für meine Hilfe sehr dankbar.

Der schlimme Kampf um ein Kind

Ansgarius unterhielt in meinem Bezirk eine Gaststätte, die nicht den besten Ruf genoss. Seine Ehefrau Lubilala hatte eine einstweilige Anordnung im Rahmen eines Ehescheidungsprozesses erwirkt.
In der einstweiligen Anordnung wurde ihr das Sorgerecht für den gemeinsamen Sohn Tomitus übertragen.
Tomitus, das war mir durch häufige dienstliche Besuche in der Gaststätte bekannt, hatte mehr Sympathien zu seinem Vater.

Mein Vorschlag, doch mal in meinem Beisein mit Ansgarius zu sprechen, wurde von Lubilala mit energischen Worten abgelehnt. Sie wollte unbedingt ihren zehnjährigen Sohn Tomitus haben.

Sie verlangte von mir die Hinzuziehung der Polizei mit dem Hinweis, dass Ansgarius sie für den Fall der Vollstreckung mit dem Tode bedrohe. Sie sagte, er wolle sie erschießen.

Dies konnte ich zwar nicht nachvollziehen, weil ich Ansgarius als polternden und temperamentvollen Menschen kannte, der sich aber schnell wieder beruhigte.

So wandte ich mich etwas widerwillig an die Polizei und schilderte ihnen den Sachverhalt.

Zu meiner Überraschung erfuhr ich, dass Ansgarius dort als wilder Schläger bekannt war, der sich sogar auf körperliche Auseinandersetzungen mit den Ordnungshütern einließ. Die Polizeibeamten forderten eine Sondereinheit an. Diese Beamten waren uniformlos, sahen aber in ihrem Outfit etwas abenteuerlich aus. Die Beamten sollten in der Gaststätte als harmlose Gäste zunächst einmal die Situation übersehen. Die uniformierten Polizisten sperrten die umliegenden Straßen ab und umstellten das Haus.

Plötzlich lief der Junge aus dem Hinterhof des Hauses. Die Polizisten waren so überrascht, dass sie sekundenlang nichts taten. Danach liefen die Polizisten hinter ihm her, fingen ihn ein und bei dem Gerangel lagen plötzlich zwei Polizisten und der Junge auf dem Bürgersteig. Wäre es nicht so traurig gewesen, hätte man lachen können.

Sie überwältigten den Jungen, trugen ihn in den Polizeibus und brachten ihn mit mir zusammen ins Polizeipräsidium. Während der Fahrt rief er ständig nach seinem Vater.

Er wurde seiner glücklichen Mutter übergeben. Sie bat die Polizisten, sie in ihre Wohnung zu begleiten. Der Freund und Helfer erfüllte ihr die Bitte.

Nach einer Woche traf ich Tomitus anlässlich einer Vollstreckung gegen Ansgarius fröhlich singend in der Gaststätte an.

Wir, die Polizisten und ich, hatten Lubliana geholfen und der Erfolg war gleich null.

Eine vornehme Dame

Juliana, eine selbstbewusste Dame in den Vierzigern, hatte einen besonderen Hang zur Selbstdarstellung. Sie erwähnte bei jedem Besuch ihre adelige Herkunft und erzählte mir voller Begeisterung von dem elterlichen Schloss in Pommern.

Diese Vornehmheit hielt sie aber nicht davon ab, im großen Stil die schönsten Kleidungsstücke zu kaufen und das Bezahlen zu vergessen. Bei mir stotterte sie die Verbindlichkeiten, wie sie es nannte, in Raten ab.

Als ich Juliana wieder einmal besuchen musste, öffnete sie mir die Tür mit den Worten: „Bitte tun Sie so, als wenn Sie von einer Versicherungsgesellschaft kämen, die mir eine Versicherung anpreisen will, denn ein Installateur ist in meinem Badezimmer."

Ich ging darauf ein und stellte mich als Versicherungsvertreter vor.

Sie bat mich ins Wohnzimmer und zahlte die relativ kleine Forderung eines Versandhauses direkt.

Als ich durch die Diele schritt, kam aus dem Badezimmer die Stimme des Installateurs: „Hallo, Herr Keiner, geht die Kuckucks-Branche so schlecht, dass Sie jetzt Versicherungen verkaufen müssen?" Juliana bekam einen roten Kopf und wurde sehr verlegen.

Nach einigen Wochen besuchte ich den Installateurmeister. Er hieß Josef und arbeitete ständig für eine Wohnungsgesellschaft. Er hatte die Angewohnheit, in jedem Jahr seine Berufsgenossenschaft nicht zu zahlen. Dabei handelte es sich um reine Schludrigkeit, nicht um finanzielle Not. Er empfing mich mit den Worten: „Herr Keiner, das war ein Vergnügen, diese alte Zicke endlich einmal blamiert zu sehen. Sie sieht in mir den proletarischen Arbeiter, der die Schmutzarbeiten erledigt.

Vom Hilfsarbeiter zum Bauunternehmer

Joachim, 30 Jahre alt, seit einiger Zeit fleißiger Bauhilfsarbeiter einer großen Bauunternehmung, erbte von seinen Eltern 30.000 Mark.

Mit der Erbschaft fühlte er sich zu höheren Aufgaben berufen und gründete zunächst eine kleine Bauunternehmung mit vier seiner Arbeitskollegen. Einer seiner Arbeitskollegen war Maurermeister und sollte die praktische Arbeit organisieren und überwachen. Anni, seine Frau, gelernte Kaufmannsgehilfin mit kurzer Berufserfahrung, übernahm die Büroarbeiten.

Die junge Firma florierte gut. Aufträge kamen herein und große Bauten wurden übernommen. Joachim war auf dem Weg zum D-Mark-Millionär. Vermehrungsfreudig war er auch. Seine Frau gebar ihm im Laufe der Zeit fünf Kinder.

Zunächst lernte ich Joachim, der zwischenzeitlich 20 Arbeiter beschäftigte, durch die Zustellungen der Lohnpfändungen gegen einzelne Arbeiter kennen.

Zusätzliche Bürokräfte stellte er ein und übernahm den Auftrag einer Bauträgergesellschaft, für die er 20 Reihenhäuser erstellen sollte.

Als die Häuser im Rohbau fertig waren, meldete die Bauträgerin ohne jegliche Vorwarnung Konkurs an.

Joachim hatte Bankkredite in Anspruch genommen und schuldete seinen Großlieferanten, wie er sie stets voller Stolz nannte, erhebliche Beträge.

Plötzlich wurde Joachim für mich zu einem Großschuldner. Er bemühte sich noch einige Zeit durch Zahlungen an mich die Firma zu retten, wollte aber seinen Lebensstandard, komfortables Haus, Privatjacht auf dem Rhein, Auto aus der Mercedesflotte, Zweitwagen für seine Frau, nicht aufgeben. Alle Sachen wurden nach und nach versteigert.

Sein achtjähriger Sohn ertrank in einem Baggersee.

Er hatte alles verloren und wohnte einige Zeit mit seiner Familie in einer städtischen Notwohnung.

Er übernahm nach kurzer Zeit unter dem Namen seiner Frau im Bergischen Land ein Ausflugslokal. Zunächst ging es wieder aufwärts, das Lokal lief. Nach zwei Jahren erlebte er einen regnerischen Sommer. Die Gäste kamen nicht mehr und schon bald konnte er seine Verbindlichkeiten nicht mehr erfüllen. In einer nahe gelegenen Talsperre brachte er sich um. Was aus seinen weiteren Kindern wurde, weiß ich nicht.

Ohne Gewähr

Zebedäus hatte bei einem Versandhaus ein Fernsehgerät bestellt und es wurde geliefert. Zahlen konnte er nicht. Als Folge erschien ich nach einiger Zeit mit dem gerichtlichen Vollstreckungsbefehl. Entsprechend meiner Pflicht forderte ich ihn zur Zahlung auf, doch nichts geschah. Ich pfändete das Fernsehgerät und bestimmte den Versteigerungstermin, der frühestens eine Woche nach der Pfändung durchgeführt werden konnte und spätestens innerhalb eines Monats erfolgen soll. In besonderen Fällen, beispielsweise wenn der Schuldner eine spätere Zahlung verspricht, kann die Frist etwas verlängert werden.

Zebedäus kalkulierte mit dem Kindergeld, das nach seinen Angaben erst in sechs Wochen zur Auszahlung käme. Als gläubiger Mensch terminierte ich die Versteigerung entsprechend.

Am Tag der Versteigerung wurde das Gerät jedoch abgeholt und versteigert. Für 500 Mark wechselte es den Besitzer.

Einen Tag später meldete sich der wütende Ersteigerer bei mir und verlangte sein Geld zurück. Es stellte sich heraus, dass Zebedäus scheinbar die Technik ausgewechselt hatte. In dem Gehäuse des Fernsehgerätes hatte er ein altes Radio eingebaut.

Leider musste ich dem Ersteigerer sagen, dass vor der Versteigerung die Versteigerungsbedingungen verlesen werden. In denen ist zu lesen, dass für die Güte und

Beschaffenheit und Vollständigkeit der Sachen keine
Gewähr übernommen wird. Wütend und mir eine
Dienstaufsichtsbeschwerde androhend, zog er ab. Er tat
mir zwar Leid, aber helfen konnte ich ihm nicht.

Gefangen in einer fremden Wohnung

Ein ganz gewöhnlicher Auftrag zur Vollstreckung ging
bei mir ein. Josefa und Anton hatten einen Mietpro-
zess verloren und der gegnerische Anwalt vollstreckte
aus einem so genannten Kostenfestsetzungbeschluss,
der seine Kosten gegenüber Josefa und Anton beinhal-
tete.
Nachdem ich mich vorgestellt hatte, bat mich Josefa ins
Wohnzimmer. Sie bot mir einen Platz auf dem Sofa an
und verließ den Raum. Ich war der Meinung, sie wolle
die Geldbörse holen.
Plötzlich hörte ich, wie sie die Etagentür verschloss. Ihre
Schritten verloren sich rasch im Treppenhaus. Alleine in
der Wohnung der Schuldner zu sitzen war ein seltsames
Gefühl.
Ich konnte warten oder den Schlüsseldienst telefonisch
bestellen. Glücklicherweise funktionierte das Telefon.
Ich setzte mir einen Zeitrahmen von 15 Minuten, nach
deren Ablauf ich den Schlüsseldienst benachrichtigen
wollte. Der Schlüsseldienst war mir aus zahlreichen
Hilfestellungen bei Wohnungsöffnungen bekannt.
Die 15 Minuten waren gerade verstrichen, als ich
Schritte im Treppenhaus vernahm. Meine Hoffnung auf
Befreiung wuchs. Tatsächlich wurde die Etagentür ge-
öffnet.
Josefa und Anton traten ein. Beide entschuldigten sich.
Josefa hatte sich so über meinen Besuch erschrocken,
dass sie kopflos, weil sie kein Geld im Haus hatte, zu
ihrem in der Nähe arbeitenden Ehemann gelaufen war.
Beide beruhigten sich schnell. Ich hatte Verständnis für
Josefa und sagte es ihnen. Die Forderung wurde ausge-
glichen. Die Sache war erledigt, eben ein alltäglicher

Vollstreckungsvorgang mit lustigen Begleiterscheinungen.

Ein Polizist auf Abwegen

Michael war gerne Polizist. Intelligent war er, sprach mehrere Fremdsprachen, besaß einen Flugschein und stand am Anfang einer hoffnungsvollen Beamtenkarriere.

Er hatte die Idee, sich unter dem Namen seiner Freundin selbstständig zu machen. Die Computerbranche stand erst am Anfang ihrer Entwicklung und Michael sah darin eine großartige Möglichkeit zum schnellen Reichtum.

Bürgschaften und das Kapital der Eltern seiner Freundin machte einen großen Einstieg möglich.

Er kaufte sich ein Auto mit Stern, seine Freundin fuhr einen Porsche. Der Anfang der Pleite war vorprogrammiert. Der Umsatz des Geschäfts boomte und ein Geschäftslokal in der Stadtmitte richteten sie sich ein.

Nach einiger Zeit stieß er zu meinem Kundenkreis. Die ersten Vollstreckungsanträge kamen und wurden direkt ausgeglichen, jedoch häuften sich die Anträge. Die ersten Bitten an mich, Anträge doch einige Wochen festzuhalten, erhörte ich. Er zahlte zunächst nach einiger Zeit, aber das Schuldenkarussell drehte sich immer schneller.

Zahlungen an mich blieben aus und das Offenbarungsverfahren wurde eingeleitet. Der Warenbestand wurde durch mich gepfändet und der Versteigerungstermin stand an.

Bedingt durch seine Flugkenntnisse kam er auf die Idee, politische Flüchtlinge aus den Balkanländern auszufliegen. Dies gelang ihm auch sehr oft. Er wurde gut bezahlt und konnte zunächst durch hohe Ratenzahlungen die Versteigerung der gepfändeten Sachen vermeiden.

Nach einigen Monaten wurde er jedoch in Osteuropa festgenommen. Er verschwand einfach von der Bildfläche und wurde nicht mehr gesehen. Seinen Warenbestand habe ich versteigert. Er war nach meiner Ansicht Opfer seiner Intelligenz geworden, die ihn an der Wahrnehmung der Realität hinderte.

Zwangsräumung eines Alkoholikers

Richard, Ingenieur bei einem großen Chemiekonzern, war glücklich verheiratet und Vater zweier Kinder. Er verlor nach mehrfachen Ermahnungen und der Ablehnung der Betreuung durch den Sozialdienst seiner Arbeitgeberin den Arbeitsplatz.

Richard war im nüchternen Zustand ein friedlicher Mensch, rastete jedoch nach der Konsumierung alkoholischer Getränke innerhalb seiner Familie aus und schlug Frau und Kinder.

Nach einigen Attacken verließ ihn die Familie und er hauste ganz allein in einer Vierzimmerwohnung. Die Miete zahlte er nicht. Es kam zur Räumungsklage und ich setzte Termin zur Räumung an.

Am Räumungstag öffnete er die Wohnung nicht und ich ließ sie durch den Schlüsseldienst öffnen. Der Weg in die Wohnung war uns zunächst nicht möglich. Die Diele war bis zur Decke mit leeren Bier-, Wein- und Schnapsflaschen gefüllt.

Der Spediteur ließ so genannte Wannen, einen Container und Schaufeln holen.

Die Bediensteten des Spediteurs wollten nach und nach die Wohnung leer schaufeln. Zunächst lief die Aktion gut an. Rund zehn Schaufeln mit leeren Flaschen lagen bereits im Container. Der starke Geruch war kaum auszuhalten und plötzlich begegneten uns mehrere Ratten, sie rannten an uns vorbei über den Flur auf die Straße und wurden nicht mehr gesehen.

Unentwegt schaufelten die Arbeiter weiter. Sie erreichten den Eingang der Küche, öffneten die Küchentür und ein bestialischer Gestank schlug uns entgegen. Essensreste waren in Fäulnis geraten, einzelne schwarze Insekten bewegten sich und wir fragten uns, ob es Kakerlaken sein würden. Ganze Fliegenschwärme kamen uns entgegen. Unentwegt arbeiteten die Leute der Spedition weiter. Motivation war allein für sie die versprochene hohe Schmutzzulage des Eigentümers.

Nach einiger Zeit hatten wir auch Richards Schlafzimmer erreicht. Er schlief fest, eingewickelt in seiner Alltagskleidung, umgeben von den zahlreichen Ausscheidungen seines Körpers. Wohl schon seit einigen Wochen war das Schlafzimmer zur Toilette geworden.

Selbst durch lautes Rufen konnten wir Richard nicht wecken. Telefonisch bestellten wir unter Hinweis auf die Gegebenheiten den Rettungswagen. Der kam sehr schnell. Richard wurde auf die Trage gelegt. Er bekam von den Geschehnissen nichts mit. Sein Schlaf war tief und fest.

Die Dauer der Räumung betrug zehn Stunden. Der Eigentümer hatte den finanziellen Nachteil: Lange Zeit keine Miete, Spediteur, Anwalt, das Gericht und den Gerichtsvollzieher mussten bezahlt werden. Nach einiger Zeit sah ich Richard in der Leverkusener Fußgängerzone wieder. Er war zum Obdachlosen geworden: Der Abstieg in die so genannte Pennerszene war geschafft. Schade, dass Menschen so untergehen können.

Verzweifelte Unternehmer

Liane war verwitwet und hatte aus dieser Ehe einen Sohn. Ihr verstorbener Mann Peter hatte ein kleines und gut florierendes Transportunternehmen geleitet.

Kurze Zeit nach Peters Tod heiratete sie Paul. In wenigen Jahren gebar sie ihm vier Kinder.

Paul war nicht nur sehr vermehrungsfreudig, sondern erweiterte in schneller Folge seine Firma. Vier neue Lastwagen wurden angeschafft und neue Kunden geworben. Die Firma expandierte und er stellte einen juristischen Berater als Festkraft ein. Dann ließen die Aufträge plötzlich nach und ein großes Leverkusener Unternehmen bediente ihn nicht mehr. Die Lastwagen waren nicht ausgelastet und schon bald konnten die Raten nicht mehr bezahlt werden. Umwandlungen der Kaufverträge über die Lastwagen oder deren Rückgabe war nicht möglich. Die Lieferfirma erwirkte einen Schuldtitel, die Kraftfahrzeuge wurden gepfändet und versteigert. Der Erlös glich jedoch nicht die ausstehenden Forderungen aus. Liane und Paul kämpften weiter, nahmen jeden Auftrag an und ihre Preisen wurden gedrückt. Die Schuldenschere wurde breiter. Ein Lastwagen sackte beim Überqueren des Bahnübergangs in Küppersteg ein. Die Gleise und das Erdreich hatten nachgegeben.

Zum Reparieren des Lastwagens hatten sie kein Geld. Aus diesem Grund konnten sie auch Schadensersatzprozesse nicht einleiten. In außergerichtlichen Verhandlungen schoben sich die Behörden gegenseitig die Schuld zu, niemand zahlte. In seiner Verzweiflung machte sich Paul selbst an die Reparatur des Wagens heran, bockte ihn jedoch nicht richtig auf und während er unter dem Lastwagen lag, gab dieser nach und begrub Paul unter sich. Jede Hilfe kam zu spät. Paul hatte schwerste Kopfverletzungen erlitten, lag noch einige Tage in der Klinik und starb, ohne das Bewusstsein wiedererlangt zu haben.

Verzweiflung einer jungen Mutter

Silke und Joachim waren beide 35 Jahre alt. Sie arbeitete als Apothekenhelferin, er als kaufmännischer Angestellter in einem Supermarkt. Joachim, sehr gut aussehend und der Schwarm seiner Kolleginnen, genoss das Leben in vollen Zügen.

Mit Silke hatte er vier Kinder in diese Welt gesetzt und nutzte die Sympathien der holden Weiblichkeit durch zahlreiche Freundschaften aus. Er bot seinen Freundinnen rauschende Feste, sodass für seine Familie kaum Geld zur Verfügung stand.

Die Miete wurde nicht mehr bezahlt, die Räumungsklage kam, ich wurde mit der Räumung beauftragt und bestimmte den Termin zur Räumung.

Am Abend vorher rief mich Silke an und drohte sich und ihre Kinder umzubringen. Ich nahm die Ankündigung nicht ernst.

Am Räumungsmorgen wurde mir nicht geöffnet. Ich ließ die Wohnung durch den Schlüsseldienst öffnen und fand Silke und die vier Kinder tot in ihren Betten.

Silke hatte sich und die Kinder mit dem Pflanzenschutzmittel E 605 umgebracht.

Schock und Entsetzen erfasste alle Beteiligten, ändern konnten wir nichts. Über Jahre habe ich die zu Räumenden am Tage vorher besucht und die Atmosphäre geprüft, um die Wiederholung eines solchen Unheils zu vermeiden.

Pauline, das Blumenmädchen

Pauline, von der Natur etwas benachteiligt, lebte bei ihren Eltern und war in einem großen Kaufhaus beschäftigt. Ich bekam gegen sie in kürzester Zeit zirka 20 Vollstreckungsanträge aus Vollstreckungsbescheiden, die in ihrer Begründung immer von einem Blumenkauf sprachen.

Zunächst traf ich die Mutter an, die die Forderungen ausglich.

Bei der Häufigkeit der Anträge ging ihr aber bald die finanzielle Luft aus. Auf meine Frage, warum ihre Tochter ständig bei Blumenhändlern kaufte und nicht bezahlte, erklärte sie mir, dass Pauline nach Anerkennung strebte. Sobald sie neue Bekanntschaften knüpfte, überhäufte sie diese mit Geschenken in Form von Blumengebinden. Sie zahlte jeweils mit Schecks, die mangels Deckung nicht eingelöst wurden. Aufgrund ihres freundlichen und höflichen Auftretens gelang ihr immer wieder der Kauf der Blumen ohne Geld.

Pauline, die zwischenzeitlich in einem Altenheim als Pflegerin beschäftigt war, konnte auf Dauer einer Lohnpfändung nicht entgehen. Die Folge war die Kündigung und sie glitt finanziell immer tiefer ab.

Zunächst lebte sie auf Kosten der Eltern in deren Haushalt, knüpfte aber wahllos weiterhin Männerbekanntschaften. Irgendwann glaubte sie, den Mann fürs Leben gefunden zu haben und heiratete.

Beide bekamen eine Anstellung in einer großen Lebensmittelkette, er stieg zum Betriebsratsvorsitzenden auf und es schien aufwärts zu gehen.

Nach einigen Monaten kamen erneut Lohnpfändungen für Pauline an und ihr Ruf bei dem neuen Arbeitgeber litt. Plötzlich wurde bei einer Inventur das Fehlen von Waren festgestellt. Sofort geriet Pauline in Verdacht. Sie wurde geprüft und nach einiger Zeit tatsächlich überführt. Die sofortige Entlassung war die Folge.

Ihr Ehemann Anton setzte sich als Betriebsratsmitglied vehement und mit der Zeit unsachlich für seine Frau ein. Dann wurde auch ihm gekündigt und er verlor den Arbeitsgerichtsprozess.

Pauline und ihr Mann Anton konnten als Folge der Arbeitslosigkeit ihre komfortable Eigentumswohnung nicht mehr abtragen. Die Bank erwirkte die Zwangsversteigerung, der neue Eigentümer veranlasste die Räumung. Pauline und Anton landeten in der Pennerszene. Sie verfielen dem Alkohol und vegetierten ohne Zukunft dahin.

Die Sorge der Nachbarn

Dr. med. Josef Schmidt war ein junger Arzt in meinem Bezirk. Er trennte sich von seiner Ehefrau, die ihm bis dahin die Büroarbeit abgenommen hatte. Er verlor die Übersicht, glich die monatlichen Leasingraten für die modernen medizinischen Geräte nicht aus, bezahlte die laufenden Rechnungen nicht mehr und ignorierte die zugestellten gerichtlichen Vollstreckungsbescheide.

Die ersten Vollstreckungsanträge kamen zu mir und er zeigte sich einsichtig und zahlungswillig. Wöchentliche Raten vereinbarte ich mit ihm. Um ihm den Besuch in meiner Sprechstunde zu ersparen, weil er dort sicherlich Patienten getroffen hätte, gestattete ich ihm die Zahlung in meinen Privaträumen. Nach einigen Zahlungsbesuchen klingelte eine besorgte Nachbarin bei uns und erkundigte sich nach unserem Gesundheitszustand. Überrascht und lächelnd nahm sie unsere völlige Gesundheit zur Kenntnis. Sie gab zu verstehen, dass ihr der häufige Besuch des bekannten Arztes Sorgen bereitet hatten.

Es geht auch anders

Henriette und Samo lebten mit ihren 16 Kindern zwischen Schlebusch und Schildgen in mehreren Wohnwagen. Ihren Lebensunterhalt bestritten sie durch den Verkauf von Teppichen. Ab und zu hatte ich sie als Schuldner zu betreuen. Sie waren immer bestrebt, ihre Schulden bei mir auszugleichen.

Ich bekam einen so genannten Räumungsantrag. Der Eigentümer hatte ein Urteil zur Räumung des Lagerplatzes erstritten. Es war ein hoher Räumungskostenvorschuß notwendig, den der Gläubiger zunächst nicht zahlen konnte oder wollte. Ebenfalls war die Unterbringung der Familie in dieser Größenordnung schwierig.

Da bot die Stadt Leverkusen ein Haus als vorläufige Unterkunft an, das irgendwann in den nächsten Jahren abgerissen werden sollte. Henriette und Samo waren mit dieser Lösung einverstanden. Der Räumungsantrag wurde zurückgenommen. Henriette und Samo zogen mit ihren Kindern nach Wiesdorf.

Nach einiger Zeit wurde der Gedanke zum Abbruch des Hauses verworfen und die Stadt Leverkusen bot es zum Kauf an. Mithilfe der Banken und staatlicher Unterstützung erwarben es Henriette und Samo. Der Einstieg ins Immobiliengeschäft war geschafft und in den folgenden Jahren kauften sie immer wieder alte Häuser auf. Die Kinder waren jetzt zwischenzeitlich erwachsen und kauften munter mit. Firmen gründeten sie in allen Gesellschaftsformen, was eine enorme Leistung für diese Leute war, die nach eigenen Angaben weder lesen noch schreiben konnten.

Plötzlich war das Geld da

Tolli und Ollli, Tochter und Schwiegersohn von Henriette und Samo, hatten sich auch zwei schwere Mercedes-Fahrzeuge zugelegt.

Ich bekam nun ein so genanntes Herausgabeurteil, erstritten von einer Bank. Nach diesem sollten die beiden Autos zwangsweise weggenommen werden.

Ich bestimmte den Termin zur Übergabe der Fahrzeuge. Tolli und Olli erreichten mithilfe eines Rechtsanwalts die vorläufige Aufhebung des Termins. Die Bank war verhandlungsbereit und erteilte ihnen einen Aufschub von drei Monaten.

Nach Ablauf des Zeitraums suchte ich sie auf. Flehentlich baten sie mich, die Bank um einen weiteren vierwöchigen Aufschub zu bitten. Sie gaben an, ihr Rechtsanwalt hätte dies bereits vergeblich versucht, doch der sei ohnehin eine Niete, der von ihnen nicht bezahlt werden würde.

Die Bank stimmte zu meiner Überraschung während eines Telefonats mit der Auflage zu, dass Tolli und Olli nach Ablauf der Frist 130.137 Mark an mich zahlen sollten. Die beiden waren freudig gestimmt und mein Einwand, dass dieser Betrag doch schwerlich aufzubringen sei, taten sie als Bagatelle ab.

Was ich nicht für möglich hielt, war, dass Tolli sich pünktlich nach vier Wochen telefonisch bei mir meldete und das Geld zur Abholung ankündigte. Ich erklärte Tolli meine Bedenken und schlug vor, dass wir uns in einer Bankfiliale zur Übergabe des Geldes treffen könnten. Immerhin hätte man überfallen werden können. Tolli war einverstanden. Ich vereinbarte mit ihr einen Termin bei meiner Bank. Pünktlich kam Tolli mit ihrem Vater Sando und schüttete aus zwei Platiktüten das Geld auf den Schreibtisch. Die Kassiererin zählte nach und stellte 132.000 Mark fest.

Adamo und der Porsche

Adamo, ein weiterer Sohn von Henriette und Sando, hatte sich einen flotten Porsche zugelegt. Gekauft hatte er ihn von einem reichen Fabrikantensohn und ihm eine respektable Anzahlung geleistet, doch die versprochene Restzahlung blieb er schuldig.

Der Fabrikantensohn erwirkte mithilfe seines Anwalts eine einstweilige Verfügung gegen Adamo, die zum Inhalt hatte, dass der Antragsgegner den Wagen an den Antragsteller gegen Zahlung in Höhe von 15.000 Mark herauszugeben hat. Das Geld wurde mir übergeben.

Auf Veranlassung des antragstellenden Rechtsanwalts hatte ich den Abschleppdienst und die Polizei bestellt, die für die Absperrung der Straße zuständig war. Adamo wurde angetroffen und er gab das Auto bereitwillig heraus.

Der anwesende Antragsteller, der den Kraftfahrzeugbrief in seiner Wohnung hatte, sah das Auto als seinen Wagen an. Ich übergab es ihm und die Sache schien erledigt zu sein. Die nicht vorhandenen Kennzeichen störten niemanden.

Nach einigen Tagen wies jedoch eine Autofirma nach, dass der Wagen bei ihr geleast worden war und der Antragsteller musste das Auto zurückgeben.

Adamo hatte die 15.000 Mark kassiert und erklärte, der richtige Porsche sei ihm gestohlen worden. Ob dies stimmte, habe ich nie in Erfahrung bringen können.

Sando und der Schrank

Sando hatte zwischenzeitlich in Schlebusch ein tolles Haus gebaut, das in seiner Ausführung sich nicht an den Häusern der Nachbarschaft orientierte. Seine Wohnung hatte er mit museumsartigen Möbeln eingerichtet. Ein Dachdecker machte eine Forderung geltend, weil er Sandos Haus eingedeckt hatte. Sando bestritt die Forderung und es kam zu einem Rechtsstreit. Sando erklärte immer wieder vor Gericht, dass er die Forderung des Dachdeckers mit der Lieferung von Teppichen ausgeglichen hätte. Ein Gutachter taxierte die Teppiche und es wurde festgestellt, dass sie den von Sando angegebenen Wert nicht hatten. Sando wurde zur Zahlung von 30.000 Mark verurteilt.

Sando wollte nicht zahlen. Ich pfändete deshalb, weil der Gläubiger es wünschte, einen äußerlich prunkvollen Wohnzimmerschrank und setzte einen Termin zur Versteigerung an.

Der Rechtsanwalt des Dachdeckers war mit der jeweiligen Verlegung des Termins einverstanden unter der Bedingung, dass Sando monatliche Raten zahle.

Schleppend zahlte Sando mal mehr oder weniger. In 15 Monaten hatte er die Forderung bis auf einen Restbetrag von 1.500 Mark getilgt. Danach zahlte er nicht mehr. Ich bestimmte also einen neuen Versteigerungstermin.

Einen Tag vor dem Termin rief mich Sando an und bat mich, den Wohnzimmerschrank selbst in die Pfandkammer bringen zu dürfen. Er wolle sich vor seinen Nachbarn nicht blamieren. Ich war damit einverstanden.

Als ich am nächsten Tag die Pfandkammer der Möbelspedition Niesen aufsuchte, fand ich nicht den Wohnzimmerschrank, sondern eine kleine Nachtkonsole vor. Die Versteigerung konnte ich nicht durchführen.

An einem der nächsten Tage besuchte ich Sando. Ich fragte ihn, was er sich bei dieser Aktion gedacht habe. Kleinlaut sagte er mir, dass er momentan kein Geld habe und gehofft hatte, dadurch einen Zeitaufschub zu erzielen.

Ich schlug ihm als letztmalige Möglichkeit vor, die Schuld in monatlichen Raten von 500 Mark an mich abzuzahlen. Dies klappte und Sando war mir sehr dankbar.

Als Helfer der Presse

Mit großem Aufwand hatte, so stand es in der lokalen Presse, das Finanzamt Leverkusen bei Sando einen Jaguarwagen und viele Teppiche gepfändet. Die Pfändung wurde später wieder aufgehoben. Einige Tage nach der Pfändung radelte ich durch meinen Bezirk und sah, wie Sandos Söhne vor seinem Haus einen Mann tätlich angriffen und ihn wüst beschimpften.

Als Sandos Sohn Rigo mich sah, rief er mir zu, dass der Kerl das Haus der Familie fotografiert habe.

Ich erklärte ihm, dass der Mann, wenn er es von der Straße aus getan hatte, sehr wohl das Haus fotografieren durfte. Rigo glaubte mir und ließ den Mann los. „Verschwinde, du Schwein, sonst bekommst du Prügel", rief er ihm hinterher.

Ich begleitete den jungen Mann noch einige 100 Meter und er fragte mich verwundert, warum diese Leute auf mich, der ich doch nicht besonders kräftig schien, hörten.

Ich sagte ihm, dass ich der zuständige Gerichtsvollzieher sei und diese Leute mich wohl gut leiden könnten.

Er war mir sehr dankbar, dass ich ihn aus dieser für ihn prekären Lage gerettet hatte. Es handelte sich um einen Fotojournalisten, der für die lokale Presse noch einige Aufnahmen machen wollte.

Unverantwortliche Eltern

Elli und Hansi meldeten ihre Tochter Susi in einem Sportverein an. Beide waren mir schon vor ihrer Ehe als Schuldner bekannt. Sie zahlten die Beiträge für den Verein nicht. Der Sportverein erwirkte gegen Susi, vertreten durch ihre Eltern, mithilfe eines Rechtsanwalts einen gerichtlichen Vollstreckungsbescheid. Ich erhielt den Vollstreckungsantrag und stellte fest, dass Susi in der Wohnung ihrer Eltern keine pfändbare Habe hatte.

Ich lud die Eltern zur Abgabe der eidesstattlichen Versicherung über das Vermögen ihrer 14jährigen Tochter vor. Sie gaben diese ab und Susi, die von allem nichts wusste, stand fortan in der Schuldnerkartei und in der Schufa.

Diese Eintragungen werden nach drei Jahren von Amtswegen gelöscht. Der Gläubiger kann die Vollstreckung erneut einleiten.

Nach vier Jahren, Susi war zwischenzeitlich volljährig, erteilte der Anwalt mir erneut einen Vollstreckungsantrag.

Ich traf Susis Mutter an, machte ihr Vorhaltungen darüber, dass sie diese Sache immer noch nicht erledigt hätte. Mutter Elli schob die Schuld auf Hansi, mit dem sie ohnehin nur mit Rücksicht auf die Kinder zusammenlebe. Zwischenzeitlich hätte sie mithilfe des Internets eine neue Bekanntschaft aufgebaut und mit diesem Partner sei sie viel glücklicher.

Ich lud Susi zur Abgabe der eidesstattlichen Versicherung über ihr Vermögen vor. Susi erschien zum Termin, machte auf mich einen traurigen, wenn nicht sogar einen verzweifelten Eindruck. Sie ging noch zur Schule, war nach ihren Angaben eine gute Schülerin, die in einigen Monaten mit der mittleren Reife die Schule mit gutem Zeugnis verlassen wollte.

Einen Ausbildungsplatz hätte sie schon. Erst 24 Stunden vorher hätte sie von dieser Sache und dem Termin erfahren.

Mittlerweile war die Schuld auf 560 Euro angewachsen. Susi tat mir Leid und ich fragte sie, wie viel Geld sie monatlich aufbringen könne.

Sie bot mir monatlich zehn Euro und bei Beginn ihrer Ausbildung 50 Euro an.

Als Gerichtsvollzieher konnte ich jedoch nach den Vorschriften nur Raten gewähren, die die Schuld innerhalb von acht Monaten abdecken.

Ich rief den auftraggebenden Anwalt an, schilderte ihm die Lage und er war mit Susis Vorschlag einverstanden.

Susi war vor Freude den Tränen nahe und ich wünsche mir, dass sie aus den Fehlern ihrer Eltern lernen und die Ratenzahlung einhalten würde.

Das Handy als Schuldenfalle

Schön ist es, den technischen Fortschritt zu nutzen. Schlecht ist es, wenn unkontrolliert telefoniert wird.

In den letzten Jahren bearbeitete ich eine Vielzahl von Aufträgen gegen junge Leute, die die Beitreibung von Handykosten beinhalteten.

Forderungen in Höhe von 5.000 Euro waren keine Seltenheit. Viele junge Leute wechseln häufig den Handy-Anbieter immer dann, wenn der aktuelle Bieter ihnen die Freundschaft kündigt.

So habe ich junge Leute erlebt, die es bei verschiedenen Anbietern auf die Schuldsummen von 70.000 Euro brachten.

Der Fall von Hubert war exemplarisch.

Hubert, aufgewachsen in einem behüteten Elternhaus, hatte schon als 18jähriger seine Leidenschaft zum Handy entdeckt. Nach den Angaben seiner Eltern telefonierte er ständig und verstand es immer wieder, neue Verträge mit den Anbietern auszuhandeln.

Die ersten Vollstreckungsanträge kamen auf mich zu, die Eltern, zwar böse schimpfend, zahlten lange Zeit an mich und hofften immer wieder auf eine Besserung ihres

Sohnes. Bei der Vielzahl der Vollstreckungsaufträge ging ihnen aber schnell die finanzielle Luft aus.

Es kam, wie es kommen musste, Hubert gab bei mir die eidesstattliche Versicherung über sein Vermögen ab. Er war gerade als Zivildienstleistender in einem Altenheim beschäftigt.

Hubert sah gut aus, hatte ein sympathisches und freundliches Wesen. Dadurch hatte er es bei der Damenwelt nicht schwer und plötzlich war er verheiratet und bezog eine Wohnung im Hause seiner Eltern.

Die junge Dame vertraute ihm. Sie arbeitete bei der Kommune und durfte von seinen Schulden nichts wissen. Nach einiger Zeit erhielt ich die ersten Vollstreckungsanträge gegen seine Frau. Es waren erhebliche Handyforderungen auszugleichen. Hubert hatte Verträge mit dem Namen seiner Frau unterschrieben und die gerichtlichen Bescheide abgefangen.

Bei der Vollstreckung traf ich nur Hubert an. Ich lud seine Frau zur Abgabe der eidesstattlichen Versicherung über ihr Vermögen vor und weil sie nicht erschien, beantragte ich beim Amtsgericht Leverkusen einen so genannten Erzwingungshaftbefehl. Mit diesem Haftbefehl ausgestattet, versuchte ich seine Frau Hanna zu erreichen. Dies gelang mir an einem Abend. Hanna, die mich noch nicht kannte und von ihren Schulden nichts wusste, viel aus allen Wolken.

Hanna versprach mir weinend mithilfe ihrer Eltern die Forderung in kürzester Zeit auszugleichen.

Ich setzte die Vollstreckung des Haftbefehls aus und Hanna erschien nach zwei Wochen in meinem Büro. Sie zahlte insgesamt 4.711 Euro.

Mithilfe eines Rechtsanwalts wollte sie gegen die gerichtlichen Bescheide angehen. Sie trennte sich von ihrem Ehemann und zog wieder zu ihren Eltern. Hubert verstand es, bei seinen Eltern wieder Mitleid zu wecken. Sie kümmerten sich um ihn und vermittelten ihm eine therapeutische Behandlung, die nach ihren Angaben von der Krankenkasse finanziert wurde. Hubert, da bin ich mir sicher, wird in seinem Leben die Schulden nicht ausgleichen können.

Vom Fußballer zum Sozialhilfeempfänger

Lothar, ein Leverkusener Junge, hatte schon als Jugendlicher große Erfolge aufzuweisen. Er spielte in der Jugendnationalmannschaft und wurde dort schon bald als Superfußballer gepriesen. Er war kräftig von Gestalt und mit einer gesunden Härte ausgestattet. Gestartet war er aus einem kleinen Leverkusener Amateurverein in eine verheißungsvolle Karriere. Bei einigen Spitzenklubs bekam er gute Kritiken. Menschlich galt er jedoch als etwas schwierig. Den Sprung in die Nationalmannschaft schaffte er nie. Häufige Vereinswechsel brachten ihn durch ganz Europa. Nach dem Ende seiner Karriere landete er wieder in Leverkusen.

Ich traf ihn als Schuldner in einer Einraumwohnung wieder. Eine Bank hatte vor vielen Jahren seinen Porsche finanziert und ein Urteil erstritten. Durch seine Auslandsaufenthalte war eine Vollstreckung nicht möglich gewesen.

Lothar erzählte mir seine Geschichte.

In allen Vereinen war er der absolute Star gewesen, durch seine Spielweise, die sich durch Härte und Technik ergänzten. Er war der Liebling der Zuschauer geworden. Überall verehrten sie ihn und er fühlte sich in dieser Rolle sehr wohl.

Spendabel war er, lud seine Freunde in teure Lokale ein und war der große Könner und Gönner. Die falschen Berater hatte er. Sie versprachen ihm die zinskräftige Anlage seiner Gelder bei dubiosen Finanzmaklern. Das Geld verlor er, doch durch seine Einnahmen konnte er weiter flott leben.

Als er mit 35 Jahren seine Fußballerlaufbahn beendete, hatte er nichts mehr. Das Geld war weg.

Seine Frau trennte sich mit ihren Kindern von ihm und wurde durch ihre Familie aufgefangen. Er, aus einem

armen Elternhaus stammend, kam zurück nach Leverkusen. Einen Beruf hatte er nicht erlernt. Zunächst hielt
er sich als Trainer bei kleinen Vereinen über Wasser,
musste allerdings einsehen, dass dies kein Dauerzu-
stand war. Jetzt lebt er von der Sozialhilfe und hat keine
Zukunft mehr. Die Freunde von früher haben ihn alle
verlassen.

Antonia und das Recht

Antonia renovierte ihre Eigentumswohnung und ließ
sich in diesem Zusammenhang eine Jalousie einbauen. Mit dem Handwerker Josef hatte sie mündlich
einen Festpreis vereinbart, der auch die Anschaffung der
Jalousie beinhalten sollte.
Der Handwerker stellte diese in seiner Schlussrechnung
als Sonderposten ein.
Antonia, wütend über diese Art Behandlung, zog den
entsprechenden Betrag von der Rechnung ab.
Josef zog vor Gericht und gewann den Rechtsstreit, weil
Antonia die mündliche Vereinbarung nicht beweisen
konnte.
Von der Justiz enttäuscht und voller Zorn gegen die Gegenseite beauftragte Antonia ihren Anwalt mit der Einlegung der Berufung.
Das erstinstanzliche Urteil war vollstreckbar und Josefs
Anwalt beauftragte mich mit der zwangsweisen Beitreibung.
Bei meinem Besuch lud sie ihre Enttäuschung und Wut
durch aggressives Verhalten ab.
Ich hörte ihr geduldig zu. Ich sagte ihr, dass sie, wenn
sie mit dem Handwerker einen Festpreis mündlich vereinbarte hätte, die Handlungsweise von Josef schäbig
war, aber das Gericht leider nur schriftliche Vereinba-
rungen oder durch Zeugen zu beweisende mündliche
Aussagen berücksichtigen kann.
Nach meiner Meinung würden die Erfolgsaussichten im
Berufungsverfahren auch nur minimal sein.

Nachdenklich bat sie mich, die Vollstreckung eine Woche auszusetzen. Wir vereinbarten einen neuen Vollstreckungstermin und an diesem zahlte Antonia den vollen Betrag an mich.

Einige Tage später erhielt ich von Antonia einen Brief, in dem sie zum Ausdruck brachte, dass es „doch gar nicht so falsch war, bei Ihnen die Gesamtsumme zu begleichen. Es ist doch sehr tröstlich zu wissen, dass es noch Menschen mit christlicher Einstellung gibt. Der Lichtpunkt in Ihrer Person hat mir doch sehr geholfen."

Froh war ich darüber, dass ich bei ihr Verständnis für die Justiz erzielt hatte. Ihre Version konnte ich glauben, denn ich kannte Josef als treuen Schuldner, der nicht immer lupenreine Geschäftspraktiken anwandte. In diesem Fall hat er Glück gehabt.

Wenn Verwandte streiten

Margarete, verwitwet, Mutter der zwei erwachsenen Söhne Otto und Hans, verstarb und hinterließ ihnen eine Doppelhaushälfte.

Otto, Akademiker, und Vater zweier Kinder, in Bayern wohnhaft, konnte sich mit Hans, biederer Handwerker und Vater von fünf Kindern, davon zwei stark geistig und körperlich behindert, nicht einigen. Otto beantragte die Zwangsversteigerung der Doppelhaushälfte, die auch nach kurzer Zeit durchgeführt wurde.

Hans hatte seine Mutter jahrelang gepflegt und von ihr des Öfteren Abschlagszahlungen auf die voraussichtliche Erbschaft erhalten.

Sie wurden von dem Zwangsversteigerungserlös abgezogen, sodass er nur noch einen geringen Anteil bekam.

Johannes, der Ersteigerer, machte seinen Räumungsanspruch aus dem Zuschlagsbeschluss, so wird der gerichtliche Ersteigerungsbeschluss genannt, geltend und beauftragte mich mit der Räumung.

Ich bestimmte den Räumungstermin und besuchte Hans und seine Familie, die mir längere Zeit schon als Schuldner bekannt waren.

Hans war zunächst völlig uneinsichtig und suchte die Schuld nur bei seinem Bruder und bei den Behörden.

Vor seinem Haus hatte er aus mehreren Betttüchern ein großes Transparent mit der Aufschrift angebracht: „Hilfe, im friedlichen Deutschland wird eine Familie mit fünf Kindern zwangsgeräumt. Das kann doch nicht wahr sein!"

Ebenfalls wandte er sich an die Lokalpresse, die einen umfangreichen Bericht verfasste. Den erhofften Erfolg konnte er jedoch nicht verbuchen.

Bei vielen Besuchen habe ich immer versucht, bei ihm Verständnis für seine, aber auch für meine Situation zu finden.

Das Sozialamt hatte ihm ein altes Fachwerkhaus als Übergangslösung angeboten, doch in dieses Haus wollte er nicht einziehen.

Er drohte mir stets bei einer möglichen Räumung Widerstand an. Einen Tag vor dem Räumungstermin änderte er seine Meinung und erklärte sich zum Auszug bereit.

Der Ersteigerer war mit der Verlegung des Termins um eine Woche einverstanden und mit Hilfe von Freunden zog Hans mit seiner Familie in das angebotene Fachwerkhaus.

Sicherlich war seine Einsicht darauf zurückzuführen, dass ich mich fast täglich um ihn gekümmert hatte und ihn nicht nur als Fall abarbeitete.

So sah das auch der Anwalt des Ersteigerers, der dem Direktor des Amtsgerichts Leverkusen einen Brief übersandte, in dem er zum Ausdruck brachte „Keiner konnte schließlich die zur Räumung verpflichtete Familie dazu bewegen, das Objekt zu räumen. Nur so konnten den Ersteigerern die enormen Kosten erspart werden. Herr Keiner hat immer wieder mit unseren Mandanten, mit uns und auch mit der zur Räumung verpflichteten Familie kurzfristig sogar in seinem Urlaub, kooperiert.

Wir haben solches Engagement, welches weit über die Pflicht hinausgeht, noch nicht erlebt. Wir bitten Sie, Herrn Obergerichtsvollzieher Keiner auch im Auftrage unserer Mandanten ausdrücklich Dank auszurichten." Selbstverständlich habe ich mich über solche Erfolge und die Anerkennung gefreut.

Tod eines Gerichtsvollziehers

Der 18. Oktober 2002 war ein wunderschöner Herbsttag, ein Freitag, an dem man sich auf das Wochenende freute. An diesem Morgen hatte der Gerichtsvollzieher Paul Spürk die Zwangsräumung einer Einzelperson in der Kölner Innenstadt durchzuführen. Als er in Begleitung eines Vertreters des Hauseigentümers sowie zweier Mitarbeiter der Umzugsfirma gegen 9 Uhr vor der Wohnungstür stand und Einlass begehrte, blieb es still. Nach einiger Zeit entschloss sich Paul Spürk, der nicht einmal wusste, ob sich überhaupt jemand in der Wohnung aufhielt, diese gewaltsam zu öffnen. Über sein Mobiltelefon rief er den Schlüsseldienst an, mit dem er regelmäßig zusammenarbeitete. Dieser konnte indes keinen Mitarbeiter entbehren.

Ihm fiel ein, dass sich wenige Häuser von seinem Einsatzort entfernt ein anderer Schlüsseldienst befand. Dieser schickte auf sein Bitten einen Mitarbeiter. Als dieser, Dieter Kemmerle, ansetzte, um den Schließzylinder der Wohnungstür aufzubohren, erfolgte eine heftige Explosion, die in der gesamten Kölner Innenstadt zu hören war. Die Wucht der Explosion ließ die Wohnungstür und die Fenster der Wohnung zerbersten.

Die Explosion setzte zudem eine Verpuffung von extremer Hitze und Rauch frei, die Paul Spürk und Dieter Kemmerle, die sich unmittelbar vor der Tür befanden, mit voller Kraft erfasste.

Nach den polizeilichen Ermittlungen muss vermutet werden, dass der Schuldner die Explosion genau geplant hatte. Er hatte die Ritzen der Wohnungstür abgedichtet, die Wohnungsklingel abgestellt. Aus der Gastherme, mit der seine Wohnung beheizt wurde, hatte er unter Überwindung des Sicherheitsventils Gas genau in der Menge austreten lassen, um ein explosives Gemisch zu schaffen.

Rettungskräfte waren schnell zur Stelle. Paul Spürk und Dieter Kemmerle und auch der Schuldner, der ebenfalls schwerst verletzt wurde, wurden in eine Spezialklinik geschafft. Bei allen war wenigstens 60 Prozent der Hautoberfläche bis auf die untere Hautschicht verbrannt.

Bei jedem von ihnen blieb alle ärztliche Kunst und moderne Medizintechnik ohne Erfolg. Der Täter starb am 18. November 2002, der Gerichtsvollzieher Paul Spürk am 7. Dezember 2002 und Dieter Kemmerle am 24. Dezember 2002.

Der Ablauf dieser Tragödie macht hilflos. Warum gerade er? Warum gerade bei dieser Zwangsräumung? Was können wir tun? War die Tat vorhersehbar? Der Tod des Gerichtsvollziehers Paul Spürk und seines zufälligen Helfers, Dieter Kemmerle, macht hilflos. Ein Gerichtsvollzieher arbeitet als „Einzelkämpfer auf der Straße."

Er ist nicht einbezogen in den Schutz eines Gerichtsgebäudes. Er hat sein eigenes Büro außerhalb des Gerichts und betreut seinen eigenen Bezirk.

Hier geht er seiner Tätigkeit in völliger Eigenständigkeit nach. Die reine Verurteilung eines Beklagten im Prozess zur Zahlung oder Herausgabe von Sachen ist noch abstrakt. Der Gerichtsvollzieher ist es dann, der tatsächlich und unmittelbar in das Leben des Schuldners eingreift.

Um diese Arbeit erfolgreich zu erfüllen, bedarf es einiger Lebenserfahrung, die indes schon durch die Dauer und Art der Ausbildung gewährleistet ist.

Latent ist Gefahr immer vorhanden, dessen ist sich ein Gerichtsvollzieher bewusst. Die daraus folgende Angst muss er beherrschen, weil er sonst seinem Beruf nicht erfolgreich nachgehen könnte. Dieses Beherrschen geschieht meist durch Verdrängen.

Im Kreis der Kollegen ist über den Tod Paul Spürks gesprochen worden. Dieses soll aber unaufgeregt geschehen sein, weil jedem bewusst war, dass das Schicksal auch ihn hätte treffen können. Nicht die normale Vollstreckung lässt den Gerichtsvollzieher nachdenken, sondern nur bestimmte Arten. Vor der Unberechenbarkeit stand Paul Spürk am 18. Oktober 2002. Er musste den Schuldner aus dem Besitz seiner Wohnung setzen. Ihm war nichts über diese Person bekannt. Er wusste nicht, „was ihn hinter der Tür erwartete." Es war der Tod.

Die Gerichtsvollzieher und Gerichtsvollzieherinnen waren erschüttert. Die Kollegen und Kolleginnen des Amtsgerichts Leverkusen schrieben kurz nach der Tat Folgendes: „Lieber Paul Spürk, der 18. Oktober 2002 war zunächst ein Tag wie jeder andere. Er beginnt für uns mit den dienstlichen Vorbereitungen. Die Akten für den Bezirk oder die Arbeit im Büro müssen geordnet werden. Der täglichen Arbeit gehen wir nach, wir begeben uns auf den Weg.
Um 10 Uhr hören wir im Autoradio den Hinweis auf eine Gasexplosion in Köln. Durch den täglichen Umgang mit den Horrormeldungen der Medien wird dies ohne weitere Emotion zur Kenntnis genommen.
Erst im Laufe des Tages erfahren wir, dass ein Gerichtsvollzieher und seine Helfer im Zug einer Zwangsräumung durch die Verzweiflungstat eines Schuldners bei der Explosion schwere Verletzungen erlitten haben.
Still, nachdenklich und betroffen werden wir. Plötzlich hat diese Meldung für uns eine ganz andere Dimension; denn es hat einen von uns getroffen. Die Monotonie der täglichen Arbeit weicht dem Entsetzen. Bewusst wird uns in dieser Stunde, dass uns dies auch jeden Tag treffen kann. Bewusst wird uns, das Glück und Unglück sehr dicht beieinander liegen. In den nächsten Tagen erfahren wir durch die Internetmitteilungen des Verbandes, dass es Sie, lieber Paul Spürk, getroffen hat.

Gute Besserung wünschen die Kolleginnen und Kollegen
des Amtsgerichts Leverkusen."

War ich ein Lebensretter?

Während einer Urlaubsvertretung in Rheindorf bekam ich einen Vollstreckungsantrag gegen Anna.
Sie war mir völlig unbekannt. Aus den Unterlagen ersah
ich jedoch, dass der Kollege in dieser Sache schon vor
einigen Wochen die Vollstreckung ergebnislos versucht
hatte. Er traf Anna nicht an. Sie öffnete auch nach
schriftlichen Ankündigungen des Kollegen die Wohnung
nicht.
Der Antragsteller hatte einen richterlichen Durchsuchungsbeschluss erwirkt und ich öffnete mithilfe des
Schlüsseldienstes die Wohnung.
Wir fanden eine völlig verwirrte, bis auf die Knochen
abgemagerte ältere Frau in ihrem Bett vor. Laufen
konnte sie nicht mehr. Ich rief den Rettungsdienst an.
Anna kam zunächst ins Krankenhaus. Hier stellten die
Ärzte einen Tumor im Oberbauch fest. Sie wurde operiert und lebte danach in einer betreuten Wohnung. Die
Schulden, sie hatte die Reparatur ihrer Waschmaschine
nicht bezahlt, wurden von ihr noch im Krankenhaus
ausgeglichen. Anna, die in Rheindorf in einem Hochhaus
wohnte, wäre sicherlich ohne meine Hilfe in ihrer Wohnung gestorben. Wie einsam kann man doch in einem
Hochhaus sein.

Josef, Opfer der Wiedervereinigung

In einer Zeitung boten einige ostdeutsche Banken den Kauf von preiswerten Eigentumswohnungen in Sachsen an.

Josef las die Anzeigen und setzte sich mit der Bank in Verbindung. Im Zuge der Verhandlungen kaufte er zwei sagenhaft billige Wohnungen. Der Kundenberater der Bank hatte ihn durch geschickte Informationen in den Glauben versetzt, in spätestens zwei Jahren eine dicke Rendite zu erzielen.

Josef, biederer Handwerker in einem großen Chemiekonzern, hatte seine sämtlichen Ersparnisse eingesetzt und den Rest in Höhe von 50.000 Mark durch diese Bank finanzieren lassen.

Großzügig versprach ihm die Bank, bei der Vermietung der Wohnungen behilflich zu sein. Diese Wohnung zu vermieten sei kein Problem, hatte ihm der Sachbearbeiter der Bank gesagt.

Die Wohnungen lagen in einem Plattenbauviertel einer sächsischen Großstadt. Die Bank vermittelte ihm einen Makler, der ihm bei der Vermietung behilflich sein sollte.

Nach einem Jahr waren die Wohnungen noch immer nicht vermietet und die bisher so hilfreiche Bank betrieb die Zwangsversteigerung der beiden Wohnungen, denn Josef hatte durch die fehlenden Mieteinnahmen noch keine Mark zurückzahlen können.

Die Zwangsversteigerung erzielte einen Erlös von 10.000 Mark, sodass die Bank noch 40.000 Mark von ihm haben wollte.

Der Vollstreckungsantrag der Bank kam zu mir. Ich suchte Josef auf und er erzählte mir seine Geschichte. Josef gab bei mir die eidesstattliche Versicherung über sein Vermögen ab. Die Bank pfändete ihm den Lohn. Maklerkosten und Gebühren des Notars erhielt ich zur Vollstreckung und plötzlich hatte Josef einen Schuldenberg in Höhe von 50.000 Mark.

Seine Frau verließ ihn und die Firma kündigte sein Arbeitsverhältnis.

Stundenvermietung mit Dame

Ich erhielt einen Vollstreckungsantrag gegen Karin Schröder. Gläubigerin war Anita Buse, eine mit Sexartikeln handelnde Firma.

Karin Schröder, mir bis dahin noch nicht als Schuldnerin bekannt, wohnte in einer etwas vornehmeren Wohngegend. An der Klingel des Hauses war kein Name angebracht. Nach meinem Läuten öffnete mir eine gut aussehende Dame älteren Jahrgangs. Nach Karin Schröder befragt, bejahte sie die Existenz dieser Dame und ich wurde freundlich in einen gut eingerichteten Wohnraum geführt und gebeten einige Minuten zu warten.

Nach kurzer Zeit kam eine junge leicht bekleidete Dame und fragte mich nach meinen Wünschen und nannte mir entsprechende Preise.

Ernüchterung trat nach meiner dienstlichen Vorstellung ein. Die Forderung wurde direkt ausgeglichen.

Ich war in einem als Zimmervermietung ausgewiesenen Freudenhaus gelandet. In der Folgezeit bekam ich häufig Vollstreckungsanträge gegen häufig wechselnde Damen, die immer nur für ganz kurze Zeit dort angemeldet waren. Erwähnenswert ist jedoch, dass die Forderungen stets direkt ausgeglichen wurden. Die Hausvermieterin legte darauf immer großen Wert und trat auch oft in Vorlage. Sie wollte, wie sie mir sagte, mit den Behörden keinen Ärger bekommen.

Im Lauf der Zeit hatte sich für mich dort ein angenehmes Arbeitsklima entwickelt und sie erzählte mir oft, wie schwierig es in dieser Branche sei und die bösen Nachbarn sich oft beschwerdeführend an das Ordnungsamt gewandt hätten, allerdings stets ohne Erfolg, denn Krach und Randale hätte es in ihrem Haus noch nie gegeben. Gesittet würde es immer zugehen.

Ihr Betrieb sei ein Tages- und kein Nachtgeschäft, um 20 Uhr müsste der letzte Gast ihr Haus verlassen haben. Viele in der näheren Umgebung arbeitende Männer würden ihre Mittagspause und ihren Feierabend zu einem Besuch in ihrem Haus nutzen.

Sie erzählte ein lustiges Erlebnis mit Fridolin, der zu ihren Dauergästen gehörte.

Fridolin besuchte ihr Haus vor dem Schichtanfang. Einige Minuten sollte er im Wartezimmer Platz nehmen. Plötzlich sah er, der als Meister in seinem Betrieb beschäftigt war, einen Untergebenen auf das Haus zugehen. Nervös bat er darum, in einem anderen Raum untergebracht zu werden. Schnell bot die Hausvermieterin ihm einen Kellerraum an und schloss ihn sicherheitshalber ein mit dem Versprechen, ihn später wieder zu befreien.

Bei der Vielzahl der Besucher geriet Fridolins Gefangenschaft jedoch in Vergessenheit. Geduldig wartete er bis 19.30 Uhr in seinem Gemach und machte sich erst durch zaghaftes Klopfen bemerkbar. Fast dem Weinen nahe wurde er befreit und alle seine Lustgefühle waren verschwunden. Vier Stunden hatte er in dem Kellerraum gewartet, pünktlich konnte er nicht mehr zur Arbeit kommen.

Er erschien nicht mehr in dem Haus mit dem besonderen Service und die Zimmervermietung hatte einen Dauerkunden verloren.

Kinderwort und Hundeverhalten

Zur Erledigung meiner Dienstgeschäfte benutze ich das Fahrrad. Dies war nach meiner Auffassung in einem Gerichtsvollzieherstadtbezirk das schnellste Verkehrsmittel. Ich wurde als radelnder Gerichtsvollzieher im Ortsteil Schlebusch sehr bekannt. Einige Vollstreckungsanträge hatte ich in der Freiburger Straße zu erledigen.

Den vor der Firma Sander-Stiftung gebauten Häusern ist eine große Wiese vorgelagert. Ich stellte mein Fahrrad ab und erledigte die Vollstreckungsanträge.

Es war ein herrlicher Sommertag, Kinder spielten, Erwachsene saßen auf der Wiese und unterhielten sich.

Ich spürte die Blicke der Menschen, die meinen Gang in die einzelnen Häuser kontrollierten. Als ich mich meinem Fahrrad näherte, sah ich zwei Kinder, die mit meiner Fahrradklingel spielten und ein Konzert veranstalteten.

Plötzlich war der energische Ruf eines Kindes zu hören: „Bleibt von dem Fahrrad weg. Das gehört unserem Gerichtsvollzieher."

Wissendes Lächeln war bei den Erwachsenen zu erkennen, sie wussten genau, wen ich besucht hatte. Auch Schadenfreude sah ich in ihren Gesichtern.

Anschließend fuhr ich mit meinem Fahrrad durch die Schlebuscher Fußgängerzone. Schon aus einiger Entfernung sah ich Frau Schmitz, eine freundliche und sehr mitteilsame Dame, die ich aus meinen Vereinstätigkeiten kannte. Sie unterhielt sich sehr angeregt mit einer meiner Schuldnerinnen, der Frau Maier. Frau Maier, bedingt durch den Leichtsinn ihres Ehemannes, gehörte zu meinen Dauerkunden. Diskret wollte ich grußlos an den beiden Damen vorbeifahren. Frau Schmitz erblickte mich jedoch, grüßte mit überschwänglicher Freundlichkeit und zwang mich anzuhalten.

Voller Freude stellte sie mich der etwas verlegenen Frau Maier vor mit den Worten: „Das ist der Herr Keiner, den ich aus meiner kirchlichen Arbeit kenne."

Etwas neidisch ergänzte der achtjähriger Sohn der Frau Maier stolz mit den Worten: „Dies ist unser Gerichtsvollzieher." Frau Maier und Frau Schmitz konnten jetzt beide ihre Betroffenheit nicht mehr verbergen.

Die Fußgängerampel an der Ecke Kalkstraße/ Scharnhorststraße zeigte rot. Ich wartete mit meinem Fahrrad die grüne Phase ab. Mit mir warteten noch einige andere Leute, die mich interessiert anschauten; ich hatte das Empfinden, dass sie mich kannten. Ich sah die Schuldnerin Smets mit ihrem Hund dort stehen; sie war bemüht, mich zu übersehen - dafür hatte ich vollstes Verständnis.

Nur der Hund, mit dem ich bei meinen häufigen Besuchen stets spielte - freute sich mich zu sehen. Freudig jaulend sprang er mich an; Frau Smets wurde ganz verlegen; eine Röte stieg in ihr Gesicht.

Wissendes Lächeln lag in den Gesichtern der Wartenden; Schadenfreude kann doch sehr verletzend sein.

Ansgar, der Lebemann

Ansgar, jüngstes und verwöhntes Kind seiner Mutter, wuchs heran und bekam von ihr jede Schwierigkeit aus dem Weg geräumt. Trinkfest und schuldenfreudig war er. Fast jedes Versandhaus wurde durch Bestellungen bedient. In den Kneipen lagen seine nicht bezahlten Bierdeckel. Seine Mutter glich die Schulden bei meinem Erscheinen stets aus.

Vermehrungsfreudig war er in verschiedenen Ehen, aber Unterhalt zahlte er nie.

Als Freundin lachte er sich eine aus Osteuropa stammende Deutsche namens Ludmilla an. Er schenkte er ihr ein Kind, die Liebe war groß und er zog in ihre Wohnung.

Seine Trinkfestigkeit war Ludmilla ein Dorn im Auge. Schlagkräftig war sie auch und nach einiger Zeit wies sie ihn aus ihrer Wohnung.

Ein neues Türschloss ließ sie einbauen. Spät in der Nacht kam er angetrunken nach Hause und merkte, dass die Schlüssel nicht mehr passten.

Wütend trommelte er gegen die Tür. Ludmilla rief die Polizei und diese brachte ihn in die Ausnüchterungszelle.

Am nächsten Tag war sein erster Weg zum Amtsgericht Leverkusen. Er beantragte dort eine einstweilige Verfügung. Durch sie war ihm die zwangsweise Herausgabe seiner persönlichen Sachen gewährt worden.

Er kam zu mir und wir besuchten Ludmilla. Sie hatte, wohl in weiser Voraussicht, den Koffer mit seinen Sachen bereitgestellt.

Wütend und unter Mitteilung aller sexuellen Erlebnisse in einer vulgären Ausdrucksweise, verlangte er die Sachen im Koffer auf ihre Vollständigkeit überprüfen zu dürfen. Während die Nachbarschaft im Treppenhaus belustigt zuschaute, entleerte er den Koffer und zählte sein Wäsche.

Prompt vermisste Ansgar drei Oberhemden und verlangte wiederum den Zutritt zur Wohnung mit den Worten: „Ich will die Oberhemden suchen." Eine weitere Vollstreckung lehnte ich ab. In der einstweiligen Verfügung hatte der Richter lediglich die Herausgabe der persönlichen Sachen angeordnet. Ludmilla bestritt die Existenz der Oberhemden.

Jetzt richtete sich Ansgars Wut gegen mich. Er betitelte mich als Arschloch und Hurensohn, der sicherlich auch schon mit Ludmilla intim gewesen sei. Er wählte dafür sehr unschöne Ausdrücke.

Durch die von den Nachbarn gerufene Polizei wurde Ansgar mit sanfter Gewalt aus dem Haus entfernt.

Wütend entfernte er sich mit seinem Koffer und drohte mir eine Dienstaufsichtsbeschwerde an.

Diese Beschwerde ging bei dem Direktor des Amtsgerichts ein und ich erhielt sie zur Stellungnahme.

Der Direktor des Amtsgerichts teilte Ansgar mit, dass an meiner Vollstreckung nichts auszusetzen sei.

Kurze Zeit später starb Ansgars Mutter. Die im Haus der Mutter wohnenden Geschwister verwehrten ihm den Zutritt in die Wohnung der Mutter.

Auch gegen die Geschwister beantragte er eine einstweilige Verfügung mit dem Inhalt, dass die persönlichen Sachen an ihn mithilfe des Gerichtsvollziehers herauszuholen sind.

Als er mich mit dieser Verfügung in meinem Büro aufsuchte, erklärte er mir: „Mit Ihnen will ich die Vollstreckung nicht durchführen. Sie sollen mir unverzüglich einen anderen Gerichtsvollzieher besorgen. Sie sind der dümmste Gerichtsvollzieher, den ich kenne."

Als ich ihm meine Dummheit bestätigte, war er fassungslos und verließ sofort mein Büro. Am nächsten Tag kam er etwas kleinlaut und bedrückt zurück mit dem

Hinweis, der Direktor des Amtsgerichts habe ihm die Zuteilung eines anderen Gerichtsvollziehers aus gesetzlichen Gründen verweigert.

Er musste mich akzeptieren und gemeinsam fuhren wir zur Wohnung seiner Geschwister. Auch sie hielten den Koffer für ihn bereit.

Ansgar betitelte sie als Erbschleicher und Saubrut mit den Worten: „Ich werde das Testament anfechten."

Wütend zog er mit seinem Koffer ab.

Vielleicht fand er als Unterschlupf wieder eine neue Freundin, denn im nüchternen Zustand war er charmant.

Schade eigentlich, dass die Steuerzahler solche Leute unterstützen müssen.

Einige seiner Gläubiger versuchten durch gerichtliche Pfändungs- und Überweisungsbeschlüsse seinen Erbanteil mit Wirkung gegen seine Geschwister geltend zu machen. Seine Mutter hatte ihn, bedingt durch ihre vorherigen Zahlungen an ihn, von der Erbschaft ausgeschlossen. Ärgerlich war, dass sich seine Geschwister jetzt indirekt um seine Schulden kümmern mussten.

Antonia und Toni, leichtsinniges Ehepaar

Toni, ein selbstsicherer Mensch, schaffte sich mithilfe der Bank ohne einen Pfennig Eigenkapital mehrere Lastkraftwagen an und gründete eine Spedition.

Durch sein vertrauensvolles Wesen und der gewinnenden Art seines Umgangs verstand er es, sich in sehr kurzer Zeit einen Kundenstamm zu schaffen. Die Firma hatte sehr guten Umsatz und er fühlte sich sehr schnell als reicher Mann.

Ein Porsche-Fahrzeug wurde gekauft und seine Frau bekam einen weiteren Sportwagen. Ein Haus wurde angemietet.

Nach einiger Zeit ging infolge seiner inzwischen angeeigneten Unzuverlässigkeit die Auftragslage stark zurück. Die Miete fürs Haus bezahlte er nicht mehr.

Zwischenzeitlich hatte der Eigentümer das Haus an Hans und Johanna, einem anderen Ehepaar verkauft. Antonia und Toni verpflichteten sich schriftlich, innerhalb von drei Monaten auszuziehen. Diesem Zugeständnis kamen sie jedoch nicht nach. Hans und Johanna hatten jedoch ebenfalls ihren Mietvertrag gekündigt. Ihre Wohnung war bereits weitervermietet.

Sie kamen notdürftig bei Bekannten unter. Ihre Abtragung lief an. Die Miete für die Unterbringung mussten sie zahlen. Die Räumungsklage gegen Antonia und Toni starteten sie mithilfe eines Rechtsanwalts. Verhältnismäßig schnell bekamen sie ein Räumungsurteil und beauftragten mich mit der Zwangsräumung. Ich terminierte und eine Woche vor dem Räumungstermin zogen sie freiwillig aus.

Hans und Johanna freuten sich, obwohl sie durch Antonias und Tonis finanzielle Eskapaden auch Finanzierungsschwierigkeiten bekommen hatten. Sie mussten sich bei ihrer Bank um eine Nachfinanzierung kümmern.

Antonia, Toni und ihre zwei Kinder wurden zunächst von ihren Eltern aufgenommen. Jahrelang waren sie aus meinem Gesichtskreis verschwunden.

Etwa 70 Vollstreckungsanträge hatte ich innerhalb eines Jahres gegen Toni bekommen. Die eidesstattliche Versicherung über sein Vermögen gab er ab und meldete sich arbeitslos.

Nach vier Jahren tauchten sie wieder in Schlebusch auf. Standesgemäß hatten sie wieder ein Haus angemietet. Antonia hatte sich mithilfe ihrer Eltern wieder im Speditionsgewerbe selbstständig gemacht.

Die Eltern nahmen eine Hypothek auf ihre Eigentumswohnung auf und Antonia und Toni verpflichteten sich, diese Hypothek abzutragen.

Wieder lebten sie auf großem Fuß, kauften flotte Autos und gebrauchte Lastwagen.

Erneut bezahlten sie keine Miete und zogen nach einiger Zeit in eine komfortable Neubauwohnung. Benzin, Raten für die Autos und die Abtragung der Hypothek ihrer Eltern wurden nicht bezahlt.

Antonia gab die eidesstattliche Versicherung über ihr Vermögen ab.

Die Eigentumswohnung ihrer Eltern stand zur Versteigerung an. Ihr Vater verunglückte mit Antonias Lastwagen auf einer Kundenfahrt in Slowenien tödlich.

Er hatte als Rentner seinen Kindern oft durch seine Mitarbeit geholfen. Nur mithilfe eines befreundeten Rechtsanwalts konnte Antonias Mutter mit der Bank Ratenzahlungen vereinbaren und die Versteigerung ihrer Wohnung verhindern.

Antonia und Toni hatten ihre ganze Familie in Schwierigkeiten gebracht und brachen jegliche Verbindung, vielleicht aus schlechtem Gewissen heraus, zu ihrer Mutter ab.

Weiter lebten sie recht ordentlich, nur woher das Geld kam, wusste niemand. Vielleicht gingen sie einer nicht registrierten Arbeit nach.

Der ausgenutzte Opa

Maria, einziges Enkelkind ihrer Großeltern, verlor durch einen tragischen Verkehrsunfall ihre Eltern schon nach wenigen Lebensmonaten.

Sie wurde von ihren Großeltern aufgezogen. Jeden Wunsch las man ihr von den Lippen ab und die Erfüllung kam sofort. Total verwöhnt war sie. Mit 14 Jahren bekam sie bereits ihr erstes Kind und in kurzen Zeitabständen folgten noch fünf weitere von verschiedenen Vätern. Geheiratet hat sie nie.

Alle ihre Kinder wuchsen im Hause der Großeltern auf, die verhältnismäßig begütert waren und die Lebensuntüchtigkeit Marias nie akzeptierten.

Der Großvater bekam eine recht hohe Rente, er war bei einer großen Leverkusener Firma Abteilungsdirektor.

Maria besaß eine regelrechte Kaufwut und bediente sich in allen Kauf- und Versandhäusern. Sie zahlte mit un-

gedeckten Schecks und die Rechnungen der Versandhäuser glich sie nie aus.
Unzählige Vollstreckungsanträge gingen bei mir ein.
Ihr Großvater schimpfte zwar heftig, glich aber die Schulden immer wieder aus.
Nach einigen Jahren waren ihre Schufa- und Bankauskünfte so schlecht, dass ihre Bestellungen nicht mehr erfüllt wurden.
Der Großvater, die Großmutter war inzwischen verstorben, ließ mit der Zeit geistig etwas nach.
Maria kaufte und bestellte fortan unter dem Namen ihres Opas eifrig weiter.
Vollstreckungs- und Mahnbescheide fing sie ab. Zwischenzeitlich wurde auch Opas finanzielle Kraft immer schwächer. Geistig erfasste er die Situation nicht mehr.
Ich pfändete seine Wohnzimmereinrichtung und musste sie leider einige Wochen später zwangsversteigern. Durch den Erlös wurden die Schulden aber nicht ausgeglichen. Seine Rente wurde bis zum pfändungsfreien Satz gepfändet. Nach einigen Monaten verstarb er total verarmt und verbittert.
Das Haus war mit Hypothekeneintragungen zugedeckt, allein um Marias Schulden auszugleichen. Maria schlug die Erbschaft aus. Inzwischen sind ihre Kinder volljährig und sie lebt in der Obdachlosenszene.
Ihre Kinder sind alle in die Drogenszene und in die Kriminalität abgerutscht.

Fehltritt eines Familienvaters

Wilhelm, seit 30 Jahren glücklich verheiratet, hatte sich anlässlich eines Betriebsausfluges mit einer jungen Dame zurückgezogen. Diese Zurückgezogenheit blieb nicht ohne Folgen, denn Lisa, die junge Dame, wurde schwanger.
Beim Jugendamt erkannte er die Vaterschaft an.

Zur Wirksamkeit dieser Urkunde war die Zustellung durch den Gerichtsvollzieher an den Kindesvater erforderlich.

Seiner Frau hatte er den Fehltritt nicht gebeichtet. So ging die Anerkenntnisurkunde, vom Jugendamt übersandt, bei mir ein.

Ich traf nur die Ehefrau an, erklärte ihr mein Erscheinen, und sie war erschüttert.

Wütend rief sie ihren Mann an und erklärte ihm den Sachverhalt.

Nach einem temperamentvollen Telefonat hatte Wilhelm das Bedürfnis, mit mir zu reden.

Erstaunt war ich, als er mir wütend sagte, dass dies wohl eine Namensverwechslung sei, er hätte nie außereheliche Beziehungen gehabt.

Geburtsdatum, Wohnort und Beruf stimmten allerdings überein. Ich übergab die Urkunde der Ehefrau und brach, weil Wilhelm immer lauter wurde, das Telefonat ab.

Ich konnte mir vorstellen, dass der Abend der Eheleute noch recht fröhlich war.

Erfolgreiche Selbstjustiz

Richard, erfolgreicher und zum Wohlstand gekommener Autohändler und Eigentümer mehrerer Häuser, hatte an Mathilde eine Vierzimmerwohnung vermietet. Mathilde zahlte über mehrere Monate aber keine Miete. Ich hatte sie in den letzten Jahren bereits fünfmal zwangsgeräumt und immer fand sie am Räumungstage eine neue Wohnung. Ihr freundliches Wesen und das gute Aussehen halfen ihr dabei.

Richard, den ich schon mehrere Jahre aus Lohnpfändungen gegen seine Arbeitnehmer kannte, griff zur Selbstjustiz. Er räumte während der Abwesenheit Mathildes die gesamte Wohnungseinrichtung und stellte sie in seine Autohalle.

Das Türschloss zur Wohnung ließ er auswechseln. Mathilde kam am Abend nicht in ihre Wohnung.

Am nächsten Tag beantragte sie beim Amtsgericht Leverkusen eine einstweilige Verfügung. Diese berechtigte sie, mit meiner Hilfe die Wohnung notfalls mithilfe des Schlüsseldienstes wieder in Besitz zu nehmen.

Richard war verpflichtet, die gesamten Möbel wieder in die Wohnung zu bringen. Notfalls hätte ich Möbelträger bestellen müssen.

Ich telefonierte mit Richard und bat ihn, in eigener Regie die Möbel wieder in die Wohnung zu bringen.

Richard sagte mir am Telefon: „Herr Keiner, kommen Sie ruhig mit dieser Dame. Sie werden in ihrem Beruf etwas ganz Neues erleben, aber keine Angst, Widerstand brauchen Sie nicht zu befürchten."

Etwas seltsam kam mir diese Art Erklärung doch vor.

Mit Mathilde zusammen fuhr ich zur Vollstreckung.

Richard erwartete uns mit freundlichem Lächeln und ging mit uns in die erste Etage.

Nun standen wir vor Mathildes Wohnung. An der Klingel war der Name Schmitz angebracht. Ich kontrollierte nochmals die Klingelschildchen an der Haustür. Auch dort war der Name Schmitz verzeichnet.

Ich klingelte an der Etagentür. Sofort wurde mir von einer Dame geöffnet. Sie stellte sich mit dem Namen Schmitz vor und legte mir den auf einen Tag vor der Vollstreckung datierten Mietvertrag vor.

Die Vollstreckung musste ich einstellen. Richards *Selbstjustiz* hatte gewirkt und er verabschiedete uns mit einem Lächeln und den Worten: „Herr Keiner, ich habe Ihnen sicherlich nicht zu viel versprochen."

Wütend und fluchend verließ Mathilde den Ort der Vollstreckung.

Später erfuhr ich von Richard, dass Mathilde sich ihre Klamotten, wie er sich ausdrückte, mit einem offenen Lastwagen abgeholt habe, doch leider sei der Regen an diesem Tag ausgeblieben.

Adam, der verhinderte Erfinder

Adam, früherer Schlosser in einer Maschinenfabrik, kam als junger Mann 1966 auf die Idee, einen Stuhl zu entwickeln, der nach seiner Auffassung jegliche Rükkenbeschwerden auskurieren könnte.

Er war von seiner Idee überzeugt, kündigte seine Arbeit und widmete sich nur noch der Erfindung. Sein Patent meldete er an, eröffnete ein Ladenlokal und ließ mehrere tausend Stühle nach seinen Zeichnungen anfertigen.

Patentanwälte bemühte er und die Regierungen der einzelnen Bundesländer schrieb er an. Sie luden ihn auch ein, und er konnte die Vorzüge seines Stuhls vorstellen. Gleichzeitig beantragte er Landeskredite. Das Patent wurde aber nie anerkannt. Nachbesserungen empfahl man ihm und die Verhandlungen zogen sich über 35 Jahre hin.

Zwischenzeitlich wollten aber auch seine Anwälte und die Hersteller der Stühle ihr Geld.

Die ersten Vollstreckungsanträge gingen bei mir ein. Zahlen konnte er nicht, pfändbare Habe besaß er nicht. Das Offenbarungsverfahren wurde eingeleitet, doch zu den anberaumten Offenbarungsterminen erschien er nicht. Das Gericht erließ die Erzwingungshaftbefehle, die mir zur Vollstreckung zugeleitet wurden.

Bei jeder Vollstreckung erzählte er mir immer von seinem großen Erfindungsgeschäft. Ständig stand er vor der Bewilligung der Landeskredite. Sachverständigengutachten legte er mir vor. Er steigerte sich in einen wahren Erfolgswahn. Seine Ehefrau sorgte als Verkäuferin für den nötigsten Unterhalt.

Ich drohte ihm die Zwangshaft mehrmals schriftlich an, bis Adam plötzlich nicht mehr greifbar war. Verschiedene Verhaftungsversuche mithilfe der Polizei verliefen ergebnislos. Seine Ehefrau zeigte uns bereitwillig die Wohnung. Adam war aber nie zu finden.

Nach ihren Angaben war er stets auf Geschäftsreise. Sehr oft sah ich ihn jedoch in der Schlebuscher Fußgängerzone. Wenn er mich sah, entfernte er sich im Laufschritt. Meiner und der Ehrgeiz der Polizei waren geweckt.

Sonntags um vier Uhr versuchten wir es erneut.

Nach dem Klingeln bat uns Adams Ehefrau um einige Minuten Geduld. Sie sagte, sie müsse sich zunächst anziehen, ihr Mann sei ohnehin nicht da, aber wir könnten das Haus ruhig durchsuchen.

Nach einigen Minuten öffnete sie uns die Tür. Wir durchsuchten das ganze Haus, doch Adam war nicht zu finden.

Wütend zogen wir ab. Plötzlich hörten wir ein schepperndes Geräusch auf dem Hof. Wir liefen hin und sahen die umgefallene rollende Mülltonne und den Kopf des fluchenden Adam. Er hatte sich in der Tonne versteckt. Eine unglückliche Bewegung brachte den Mülleimer ins Rollen.

Wir lieferten Adam in die Justizvollzugsanstalt Opladen ein. Am nächsten Tag gab er die eidesstattliche Versicherung über sein Vermögen ab und wurde aus der Haft entlassen.

Noch viele Jahre blieb er mein Kunde. Unsinnige Prozesse auf Anerkennung seiner Erfindung führte er und die Anwälte wechselte er ständig. Alle diese Rechtsstreitigkeiten verlor er.

Nach Ablauf der jeweiligen Schutzvorschrift von drei Jahren gab er die eidesstattliche Versicherung immer wieder ab.

Eine Verhaftung war nicht mehr erforderlich. Er erschien nach der Ladung stets freiwillig. Er tröstete sich zwischenzeitlich mit der Erkenntnis, dass berühmte Erfinder erst nach dem Tod anerkannt werden.

Total verarmt und verbittert starb er an der Parkinson-Krankheit, eine Erlösung für seine Frau, die viele Jahre seine Launen ertragen musste und Adams Erfinderoptimismus nie geteilt hatte, sondern ganz alleine ihre zwei Töchter, eine ist stark geistig behindert, erzog.

Untergang eines Rechtsanwalts

Harry liess sich 1970 als Anwalt nieder. Sehr ehrgeizig war er und seine Kanzlei wurde schnell sehr erfolgreich. Durch sein ruhiges und selbstsicheres Auftreten hatte er schnell das Vertrauen seiner Mandanten erzielt. Seine erfolgreichen Zivilprozesse und die brillanten Plädoyers in Strafprozessen verschafften ihm in Leverkusen schnell einen guten Namen.

Nach einigen Jahren gründete er mit einem jüngeren Kollegen eine Gemeinschaftskanzlei. Von diesem Zeitpunkt an zog er sich aus der täglichen Arbeit etwas zurück.

Er hatte das süße und angenehme Leben kennen gelernt, lernte die Leute in der Glitzer- und Scheinwelt kennen, von denen er hofiert und verehrt wurde. Boshahn, wie ihn seine Freunde nannten, stieg mit Einlagen in dubiose Firmen ein, ließ durch Mittelsmänner in Südamerika Goldbarren kaufen und verlor rasch die Wirklichkeit zur Realität.

Auch mich brachte er in Schwierigkeiten. Er hatte in einer Verkehrsunfallsache für seinen Mandanten ein Urteil in Höhe von 85.000 Mark erstritten und beauftragte mich mit der Einziehung der Forderung.

Die Vollstreckung verlief erfolgreich. Die Versicherung des Schuldners überwies mir nach kurzer Zeit den Betrag. Ich leitete ihn direkt an Boshahn weiter.

Ein Kölner Anwalt teilte mir im Auftrag seines Mandanten mit, dass Boshahn das für seinen Mandanten gedachte Geld nicht an diesen weitergeleitet hätte.

Er wies mich darauf hin, dass Boshahn keine Geldempfangsvollmacht von seinem Mandanten hatte und ich das Geld nicht an diesen überweisen durfte.

Schriftliche Aufforderungen zur Rückzahlung habe Boshahn ignoriert und er werde im Auftrage seines Mandanten Klage gegen ihn einreichen.

Ich hätte jedoch vor der Geldüberweisung mir von Boshahn die Geldempfangsvollmacht zuschicken lassen sollen, meinen Dienstpflichten wäre ich deshalb nicht nachgekommen und er werde den Staat haftbar machen. Der Staat möge dann prüfen, ob ich fahrlässig gehandelt hätte und das Geld von mir zurückzufordern sei.

Mir war klar, dass ich meine Dienstvorschriften nicht beachtet hatte und ein ängstliches Gefühl überkam mich.

Aus der Gewohnheit heraus und im Vertrauen auf die Anwälte war es unter den Gerichtsvollziehern üblich, dass sie eingezogene Gelder auch ohne Geldempfangsvollmacht an die Anwälte überwiesen.

Dies half mir jedoch nicht weiter und mir war klar, dass die Justizverwaltung mich haftbar machen würde. Ich war zwar versichert, aber ob die Versicherung in diesem Fall zahlen würde?

Zwischenzeitlich bekam ich auch einige Vollstreckungsanträge gegen Boshahn. Er erzählte von seinem schillernden Lebenswandel, versprach mir, die Sache in Ordnung zu bringen und das Geld an seinen früheren Mandanten direkt zu überweisen.

Die Vollstreckungsanträge erledigte er an mich durch Ratenzahlungen. Allerdings dauerte es trotz seiner sofortigen Zahlungsankündigung etwa ein Jahr bis zur vollständigen Regulierung der 85.000 Mark.

Es wurde ein Jahr voller Ungewissheit für mich und die Erleichterung, als der Kölner Anwalt mir die vollständige Erledigung anzeigte, war groß.

In der Folgezeit habe ich nie mehr ohne Vorlage einer Geldempfangsvollmacht Geld an Anwälte überwiesen.

Boshahn blieb über Jahre hinaus mein treuer Kunde. Dabei schloss er ein finanzielles Loch und riss zwei weitere auf.

Immer tiefer fiel er in die Schuldenspirale. Sein Kollege trennte sich von ihm. Seine Frau reichte die Scheidung ein. Er wurde aus seiner Kanzlei zwangsgeräumt und zwischenzeitlich ermittelte die Staatsanwaltschaft wegen des Vorwurfs der Unterschlagung von Mandantengeldern gegen ihn. Es kam zu einem Strafverfahren und er wurde zu einer Freiheitsstrafe verurteilt, die das Gericht zur Bewährung aussetzte. Die Ausübung seines Berufes wurde ihm verboten.

Paul, der Geschäftsmann

Paul hatte das von seinem Großvater gegründete Geschäft, das bis zum Jahre 1960 von seinem Vater geführt wurde, übernommen.

Die Geschäftslage war mitten im Ortsteil sehr gut. Um 1976 eröffnete er in Köln eine weitere Filiale. Das Geschäft boomte.

Rücklagen wurden nicht geschaffen. 1986 eröffnete eine Schuhhandelskette in seiner unmittelbaren Nähe eine Filiale. Von nun an ging es bergab. Paul hatte zwar einen hohen Warenbestand, aber die Kundschaft blieb aus.

Seine Lieferanten konnte er nicht mehr bezahlen. Die ersten Vollstreckungsanträge gingen bei mir ein. Er stotterte sie teilweise bei mir ab, war aber stets auf seine täglichen Einnahmen angewiesen. Sein Haus wurde belastet und diese Abtragungen konnte er nicht mehr aufbringen. Das Haus, von seinem Großvater erbaut und von ihm umgebaut, wurde von der Bank zwangsversteigert. Der Ersteigerer, auch Inhaber mehrerer Schuhgeschäfte, übernahm sein Geschäftslokal und gestattete ihm die Benutzung seiner Wohnung.

Die vereinbarte Mietzahlung konnte er nach einiger Zeit auch nicht mehr aufbringen. Die Räumungsklage kam auf ihn zu. Ich erhielt den Räumungsauftrag und eine Woche vor dem von mir anberaumten Räumungstermin zog er mit unbekanntem Ziel aus.

Amalia, Inhaberin einer Boutique

Amalia, eine junge, hübsche und dynamische Frau, eröffnete in Schlebusch ein kleines Modegeschäft. Kauffrau hatte sie gelernt und war voller optimistischer Illusionen. Ein Unternehmensberater hatte ihr die Gewinnspanne für die nächsten Jahre berechnet und die Bank gab ihr Kredite.

Sie kaufte in großen Mengen Waren ein und hoffte auf einen guten Umsatz. Diese Hoffnung erfüllte sich aber nicht. Auf die für das Frühjahr eingekauften Waren blieb sie sitzen. Auch der Umsatz der Sommerwaren, bedingt durch sehr schlechtes Wetter, ließ zu wünschen übrig. Den Kreditrahmen der Bank hatte sie ausgeschöpft. In der Hoffnung auf zukünftigen guten Umsatz im Winter und um konkurrenzfähig zu bleiben, kaufte sie neue Waren aus der Wintermode ein. Doch der Umsatz blieb erneut hinter ihren Erwartungen zurück.

Die Rechnungen konnte sie deshalb nicht bezahlen. Die ersten Vollstreckungsanträge gingen bei mir ein. Durch Ratenzahlungen an mich versuchte sie, auch im Vertrauen auf ihre Geldeingänge, die Schulden abzutragen. Bedingt durch die Zinsen, Gerichtskosten, Anwaltskosten und Gerichtsvollzieherkosten, zahlte sie jede Forderung zweimal.

Immer tiefer rutschte sie in die Schuldenspirale. Ständig erhielt ich neue Pfändungsanträge gegen sie. Täglich holte ich Ratenzahlungen ab. Die Ladenmiete konnte sie nicht bezahlen und der Eigentümer erwirkte ein Räumungsurteil.

Sie startete einen Räumungsverkauf mit der Hoffnung, zu retten, was zu retten war. Nach Beendigung des Räumungsverkaufs blieben noch rund 50.000 Mark Schulden übrig.

Ihre Privatwohnung lag auch in meinem Bezirk. Sie bewohnte ein kleines Apartment und erhielt Sozialhilfe. Viele Vollstreckungsanträge gingen bei mir ein. Nach jedem Besuch stellte ich fest, dass die Wohnung immer ungepflegter und unansehnlicher wurde. Sie machte auf mich einen netten, aber apathischen Eindruck und lernte einen mir schon seit Jahren bekannten jungen Mann aus der Drogenszene Leverkusens kennen.

Von nun an ging es mit ihr bergab. Bei meinen Besuchen stellte ich fest, dass sie immer häufiger angetrunken war und sich kaum auf den Beinen halten konnte.

Die Wohnung stank bald bestialisch und der Drogenkonsum stand ihr ins Gesicht geschrieben.

Nach wenigen Wochen starb sie plötzlich, wahrscheinlich hatte der Körper ihren Lebenswandel nicht mehr verkraftet.

Liebe macht blind

Eva, 50 Jahre alt, unverheiratet und kaufmännische Angestellte bei einer großen Leverkusener Firma, bekam nach vielen Jahren eine Kur zugesprochen. Während der Kur lernte sie Egon, einen freundlichen und zuvorkommenden älteren Herrn kennen. Er machte ihr Komplimente, lud sie zum Tanz ein und sie glaubte, ihr spätes Glück gefunden zu haben.

Egon erzählte ihr von seiner gescheiterten Ehe und den folgenden Rechtsstreitigkeiten. Ein großes Haus habe er, früher sei er Diplom-Ingenieur mit einem hohen Einkommen gewesen. Sein Haus werde in nächster Zeit verkauft und er erwarte 500.000 Mark. Nur sei er im Moment ohne Wohnung.

Eva, berauscht von ihren Liebesgefühlen, nahm ihn mit nach Leverkusen und er quartierte sich bei ihr ein. Er verstand es, sie im Laufe der nächsten Monate durch sein charmantes Auftreten so zu bezirzen, dass sie ihm den gesamten Haushalt und ihr Bankkonto und die Sparbücher restlos anvertraute.

Er kochte für sie und beide waren zunächst glücklich. Sämtliche Rechnungen sollte er bezahlen.

Nach einiger Zeit bekam ich ein Mietkündigungsschreiben mit der Bitte, die Zustellung an Eva durchzuführen.

Ich traf Egon an, der sich mir als Ehemann vorstellte. Ich übergab ihm das Schriftstück.

Einige Zeit später erhielt ich von einer großen Wohnungsbaugesellschaft das Räumungsurteil gegen Eva. Ich bestimmte den Termin zur Räumung und benachrichtigte die Parteien.

Am Räumungstag war die Wohnung verschlossen und ich ließ sie durch den Schlüsseldienst öffnen. In der Wohnung traf ich niemanden an.

Bisher kannte ich bei Zwangsräumungen die Schuldner schon vorab durch zahlreiche Vollstreckungen. Eva kannte ich jedoch nicht und dieser Umstand machte mich etwas stutzig.

Eine Nachbarin erklärte mir, dass der vermeintliche Ehemann lediglich ein Lebensgefährte gewesen sei.

Diese Nachbarin erklärte, dieser Lebensgefährte sei vor 30 Minuten mit einem Koffer aus dem Hause gegangen. Sie wusste Evas geschäftliche Telefonnummer und ich rief sie an.

Eva glaubte an einen Scherz und meinte zunächst, ich solle sie mit solchen Dingen nicht belästigen. Erst die Nachbarin konnte sie am Telefon von der Tragweite und Wahrheit überzeugen.

Eva sagte ihr Kommen sofort zu und nach 15 Minuten erschien sie völlig aufgelöst. Ich sprach ihr beruhigend zu und sie erzählte in kurzen Worten ihre Kurgeschichte.

Egon hatte seit einem Jahr keine Miete mehr bezahlt, alle Mahnungen und gerichtlichen Bescheide verschwinden lassen, ihr Sparbuch und Girokonto von insgesamt 25.000 Mark abgeräumt und war am Räumungstag auf Nimmerwiedersehen verschwunden.

Ich rief die Wohnungsbaugesellschaft an, erzählte in kurzen Zügen das Geschehene und erreichte für zwei Wochen die Aussetzung des Räumungstermins. In dieser Zeit einigte sich Eva mit ihrer Eigentümerin und die Räumung wurde endgültig aufgehoben.

Tatsächlich war Eva einem Heiratsschwindler aufgesessen, der mit falschem Namen ihr Vertrauen ausgenutzt hatte.

Eva erstattete Strafanzeige gegen *unbekannt.*

Egon wurde nach acht Monaten von der Kriminalpolizei ermittelt. Er hatte sich schon seit Jahren auf Kureinrichtungen spezialisiert, mietete sich in Hotels und Privatpensionen ein und gewann durch sein freundliches und charmantes Wesen das Vertrauen der weiblichen Kurgäste.

Er hatte im Laufe der letzten Jahre 31 allein stehende Frauen um ihr Vermögen gebracht. Das Gericht verurteilte ihn zu einer Freiheitsstrafe von vier Jahren.

Eltern und Kinder in der Schuldenspirale

Willi und Elisabeth zogen 1965 aus Niedersachsen nach Leverkusen. Eine große Leverkusener Firma hatte sie angezogen. Willi wurde dort eingestellt und verdiente als Arbeitnehmer nicht schlecht.

Schon nach wenigen Monaten hatte er Gedanken zur Selbstständigkeit entwickelt. Er kaufte sich einen gebrauchten Lieferwagen und bezog landwirtschaftliche Produkte aus seiner dörflichen niedersächsischen Heimat. Er fuhr mit diesem Wagen durch die Stadt und die nähere Umgebung und bot die Waren an. Das Geschäft lief gut an und er kündigte seine Tätigkeit als Schichtarbeiter.

Ein guter Freund aus seiner Heimat lieh ihm 20.000 Mark. Davon kaufte er einen modernen Verkaufswagen. Die mit seinem Freund vereinbarten Raten hielt er nicht ein und ich erhielt einen ersten Vollstreckungsantrag gegen ihn.

Völlig uneinsichtig und aggressiv war er. Ich konnte ihn nicht beruhigen. Er drohte mir für den Fall der Pfändung Prügel an. Dadurch zog ich mich zunächst zurück, um an einem der nächsten Tage mithilfe der Polizei die Vollstreckung und Pfändung seiner Möbel durchzuführen. Er beschimpfte mich auch an diesem Tage wieder. Ich bestimmte den Termin zur Versteigerung der gepfändeten Sachen. Kurz vor dem Termin kam er mit einer Ratenzahlung in Höhe von 1.000 Mark und entschuldigte sich für sein Verhalten. Er versprach die Schuld in weiteren monatlichen Raten in Höhe von 2.000 bis 3.000 Mark an mich abzutragen. Der Anwalt des Antragstellers war mit dieser Regelung einverstanden.

Dies war der Beginn einer über meine ganze Dienstzeit andauernden freundschaftlichen Vollstreckungsarbeit mit seiner Familie.

Zwischenzeitlich besuchte er auch die Wochenmärkte in der Umgebung. Seine Lieferanten bezahlte er immer nur mit meiner Hilfe. Ein Kreislauf begann. Er bezahlte mich und dadurch konnte er seine laufenden Rechnungen nicht ausgleichen.

Bewundernswert war für mich sein Durchhaltevermögen. Seine Frau schenkte ihm in kurzen Abständen fünf Kinder. Trotzdem half sie ihm in seinem Geschäft. Diese Frau, die mir stets Leid tat, hatte sicherlich einen 18-Stunden-Tag. Er wurschtelte sich mit meiner Hilfe zirka zehn Jahre von einem Versteigerungstermin zum anderen durch. Oft brachte seine Frau mir 5.000 bis 6.000 Mark in der Woche, aber trotzdem drehte sich die Schuldenspirale weiter und die Schuldenlast wurde trotz erheblicher Zahlungen immer größer.

Die Geschäfts- und Wohnungseinrichtung war zwischenzeitlich so alt, dass eine Versteigerung keinen Erlös mehr versprach. Willi musste den Offenbarungseid abgeben. Er war am Ende.

Auf sein Drängen übernahm Elisabeth den Laden. Er wurde mit einem Minigehalt eingestellt und der Geschäftsbetrieb ging weiter.

Elisabeth schaffte sich mithilfe der Banken neue Verkaufswagen an. Eine große Leverkusener Firma gab ihr die Gelegenheit zum Verkauf ihrer Naturalien auf dem Werksgelände. Morgens um 5 Uhr hatten sie ihre Verkaufswagen dort schon stehen. Es ging umsatzmäßig aufwärts. Zwischenzeitlich halfen die Kinder mit.

Trotz aller fleißigen Betriebsamkeit kamen sie nicht weiter, zumal sie auch ein Haus gekauft hatten. Nach einigen Jahren hatte auch Elisabeth ihr finanzielles Ende gefunden.

In der Zwischenzeit waren die ältesten Kinder schon 18 Jahre alt und der Reihe nach übernahmen sie die Geschäftsführung. Jedes Kind scheiterte und gab mit vielen Schulden auf. Ich habe das immer bedauert, denn fleißig waren alle Familienmitglieder. Über Jahrzehnte schlitterten sie von einer Kreditbank zur anderen. Nur geholfen hat es nicht.

Gestank im Auto

Tina übernahm von ihren Eltern das schon in mehreren Generationen geführte Blumengeschäft. Die Eltern, krank und gebrechlich, konnten ihr in keiner Form mehr helfen. Tina, von der Natur etwas benachteiligt, heiratete sehr schnell. Egon, ihr Mann, hatte ein unverschämt großes Maulwerk und schien mir geistig nicht sehr fit zu sein. Tina jedenfalls war hoffnungslos verliebt und erfüllte ihrem Egon alle seine finanziellen Wünsche. Schnell ging der Verkauf im Geschäft zurück. Egon war immer im Recht und vergraulte die oft langjährige Kundschaft nach und nach. Die Blumengroßhändler wurden von Tina nicht mehr bezahlt. Die ersten Vollstreckungsanträge gingen bei mir ein. Pfändbare Sachen hatte sie nicht. Der gerichtlichen Ladung zur Abgabe der eidesstattlichen Versicherung folgte sie nicht. Es erging ein so genannter Erzwingungshaftbefehl. Zu dieser Zeit musste die eidesstattliche Versicherung über das Vermögen noch vor dem Amtsgericht Leverkusen abgegeben werden. Meine oftmaligen Bitten, freiwillig die eidesstattliche Versicherung abzugeben, erhörte sie nicht.

Mithilfe der Polizei, die an diesem Tag alle ihre Streifenwagen für andere dienstliche Einsätze benötigte, fuhr ich sie mit meinem Auto zunächst zum Amtsgericht Leverkusen. Auf dem Parkplatz des Amtsgerichts hatten die zwei Polizisten zunächst viel Arbeit um die sich wehrende Tina aus meinem Wagen zu holen. Sie wurde der Rechtspflegerin vorgeführt und erklärte sich jetzt zur Abgabe der eidesstattlichen Versicherung bereit. Danach entließ die Rechtspflegerin sie aus der Haft.

Nach einigen Tagen sagte meine damals dreijährige Tochter, die ich täglich in den Kindergarten fuhr: „Papa, hier hinten im Auto stinkt es."

Bei näherem Betrachten stellte ich große Urinflecken fest. Tina hatte sich wohl in meinem Auto erleichtert. Einige Tage später fand ihr Vater sie tot im Gewächshaus. Sie hatte sich dort erhängt.

Die aufmerksame Polizei

Radelnd befuhr ich die Haydnstraße in der Leverkusener Waldsiedlung, um einen meiner Dauerkunden aufzusuchen. An der Klingel stand aber ein fremder Name. Unsicher geworden schaute ich nochmals auf die Akte. Die Hausnummer stimmte jedoch.

Ich vermutete, dass der Schuldner weggezogen sei. Für mich als Gerichtsvollzieher war dies die leichteste Art einer Erledigung.

Am Ende der Straße stellte ich fest, dass ich mich in der Humperdinckstraße, die parallel zu der Haydnstraße verläuft, befand. Ich hatte mich in der Straße geirrt.

Als ich vor dem richtigen Haus ankam und gerade klingeln wollte, hielt plötzlich ein Fahrzeug. Zwei dynamisch aussehende junge Männer sprangen heraus und stellten sich mit ihrer Plakette als Kriminalbeamte vor. Mit sehr energischem Ton verlangten sie von mir meinen Personalausweis. Einer von den beiden ging mit meinem Ausweis ins Auto und der andere stand neben mir und bat mich zu warten.

Zwischenzeitlich hatte ich meinen Dienstausweis im Portemonnaie gefunden und zeigte auch diesen dem Beamten mit dem Hinweis, dass ich nur meiner Arbeit nachgehen wollte. Der Umgangston änderte sich. Sein Kollege kam zurück und hatte wohl auch meine Identität zufrieden stellend festgestellt. Sie erzählten mir, dass in den letzten Wochen in der Gegend tagsüber Wohnungseinbrüche erfolgten und sie in der Siedlung deshalb präsent waren. Sie hatten mich in der Humperdinckstraße schon beobachtet und meine Weiterfahrt verfolgt. Mein Verhalten wäre ihnen sehr verdächtig vorgekommen und deshalb hätten sie mich kontrolliert. Sie entschuldigten sich, ich zeigte Verständnis und wir trennten uns freundschaftlich.

Der aufmerksame Bürger

Ich fuhr eines morgens nach Manfort in die Molt-kestraße und nahm mein Fahrrad aus dem Kombi. Rund 20 Kunden standen in dem Ortsteil auf dem Programm. Beim ersten Vollstreckungsversuch hatte ich sie nicht angetroffen und mich deshalb angekündigt. In der Waldsiedlung hatte ich einem Kunden auf seine telefonische Bitte hin eine genaue Uhrzeit angesagt. Ich unterbrach deshalb meine Arbeit in Manfort, fuhr mit dem Fahrrad wieder zum Auto und stellte es hinter meinem Wagen ab.
Ich setzte mein Auto zurück und fuhr mein Fahrrad um.
Da ich zeitlich etwas knapp war, ließ ich mein Fahrrad zunächst liegen mit dem Vorsatz, es nach meiner Rückkehr wieder aufzuheben.
Auf der Gustav-Heinemann-Straße überholte mich mit Blaulicht und überhöhter Geschwindigkeit ein Streifenwagen. Mit der Polizeikelle wurde ich zum Halten gezwungen. Zwei durchaus hübsche Polizistinnen stiegen aus. Es entwickelte sich folgendes Gespräch:
„Wissen Sie, warum wir Sie anhalten?"
„Ja, ich habe ein Fahrrad umgefahren."
„Ist Ihnen klar, dass Sie sich einer Fahrerflucht schuldig gemacht haben?"
„Nein, es war mein Fahrrad."
Ich erklärte ihnen den Sachverhalt und zeigte meinen Dienstausweis vor. Ein aufmerksamer Bürger hatte mein Tun beobachtet und die Polizei unter Angabe meines Kraftfahrzeugzeichens benachrichtigt. Schmunzelnd trennten wir uns und wünschten uns gegenseitig einen schönen Tag.

Der verärgerte Gymnasiallehrer

Jonathan war ein guter Lehrer und bei seinen Schülern sehr beliebt. Mit seinem Schulleiter verstand er sich jedoch überhaupt nicht. Jahrelang dauerte der stete Kleinkrieg. Jonathan hatte mehrmals seine Versetzung beantragt, doch er wurde immer wieder vertröstet und gebeten, zusammen mit seinem Schulleiter um ein vernünftiges kollegiales Verhältnis bemüht zu sein. Doch alle Anstrengungen waren vergebens. Jede kleinste Meinungsverschiedenheit eskalierte zu einem handfesten Streit.

Dann endlich hatte Jonathan seine Versetzung durchgesetzt.

Am letzten Tag seiner Arbeit nahm er, um seinen Vorgesetzten zu ärgern, den Universalschlüssel der Schule mit. Schriftliche Bitten zur Abgabe des Schlüssels ignorierte er. Die Schulverwaltung erwirkte bei dem Amtsgericht Leverkusen eine einstweilige Verfügung, die mich zur notfalls gewaltsamen Wegnahme des Schlüssels ermächtigte. Ich traf Jonathan an und legte ihm die einstweilige Verfügung vor. Jonathan zeigte auf eine etwa vier Meter breite Bücherwand und meinte, hinter einem von den 498 Büchern wäre der Schlüssel versteckt. Er wünschte mir bei der Suche viel Erfolg. Er erzählte mir, wobei sein Wortschwall nicht zu stoppen war, von den bösen Querelen mit seinem Direktor. Ruhig versuchte ich ihm zu erklären, dass er trotz des Streites den Schlüssel herausgeben müsse. Überzeugen konnte ich ihn nicht. Erst als ich ihm den Abbau der Bücherwand unter Hinzuziehung der Speditionsarbeiter androhte, übergab er mir den Schlüssel. Er bekam einen Weinkrampf und klagte darüber, dass er sich von allen Menschen missverstanden fühle und eine Frau hätte er auch noch nicht gefunden.

Krankheit kann Menschen ruinieren

Egon, ein junger Rechtsanwalt in Leverkusen, hatte sich eine gut gehende Kanzlei aufgebaut. Er war beliebt bei den Kollegen und brachte sich auch als Lehrgangsleiter der auszubildenden Rechtsanwaltsgehilfen ein.

Bei einer ärztlichen Routineuntersuchung wurde bei ihm eine Krebserkrankung festgestellt. Von diesem Moment an verlor er jegliche Arbeitslust und kümmerte sich nicht mehr um seine Anwaltspraxis. Termine seiner Mandanten bei Gericht nahm er nicht mehr wahr und flüchtete sich in den Alkohol. Seine Ehefrau, Freunde und Kollegen boten ihm Hilfe an. Er wurde operiert und anschließend in eine Rehaklinik verlegt. Dort wurde er wegen seines Alkoholkonsums einige Male ergebnislos verwarnt und aus der Klinik gewiesen.

Die Pacht für seine Praxisräume zahlte er nicht mehr. Die Räumungsklage leitete der Eigentümer ein. Seine Familie trennte sich von ihm und ich musste ihn aus seiner Praxis zwangsräumen.

Meine Versuche, persönlich mit ihm Kontakt aufzunehmen, waren ergebnislos. Er erschien nicht in seiner Kanzlei.

Später sah ich ihn noch einige Male in Wiesdorf verwahrlost in der Obdachlosenszene. Was weiter aus ihm geworden ist, vermag ich nicht zu sagen. Es ist bedauerlich, dass jemand durch eine Krankheit den Lebensmut verlor.

Familiendrama

Anton unterhielt in Köln ein Reisebüro, das er von seinen Schwiegereltern übernommen hatte. Er galt als wohlhabender Geschäftsmann. Seine Frau jedoch wurde depressiv und stürzte sich vom Balkon der Wohnung zu Tode.

Anton verkaufte das Reisebüro und gründete in Leverkusen einen größeren Kosmetikladen. Er heiratete wieder und nach einigen Jahren gebar seine Frau ihm eine Tochter. Das Geschäft lief gut und das Glück schien vollkommen zu sein. Nach einigen Jahren eröffnete in unmittelbarer Nähe seines Ladens eine Handelskette der Kosmetikbranche eine Filiale. Diese unterbot natürlich seine Verkaufspreise und er musste sich mit enormen Umsatzverlusten abfinden.

Zunächst konnte er durch sein erworbenes Vermögen aus der Reisebürozeit mithalten. Seine Familie praktizierte jedoch weiterhin einen flotten Lebensstandard. Die ersten Vollstreckungsanträge gingen bei mir ein. Er glich die Forderungen bei mir zunächst aus.

Dadurch konnte er jedoch die laufenden Rechnungen nicht bezahlen und der Kreislauf der Schulden drehte sich immer schneller. Er verlor den Überblick und seine Frau führte den Laden unter ihrem Namen weiter. Er wurde bei ihr mit einem geringen Lohn eingestellt. Gemeinsam hatten sie im wahrsten Sinne des Wortes die Gläubiger zunächst ausgetrickst. Anton konnte sich jedoch nicht damit abfinden, dass er nicht mehr der Chef in seinem Laden war.

Es kam zu ehelichen Schwierigkeiten, die Ehe zerbrach. In unmittelbarer Nähe des Geschäfts seiner Ehefrau versuchte er einen neuen Start mit einem kleinen Ladenlokal.

Er holte seine kleine Tochter aus dem Kindergarten ab und fuhr mit ihr nach Österreich und mietete sich in einem Hotel ein. Morgens um 6 Uhr entfernte er sich mit seiner Tochter aus dem Hotel. Er fuhr mit ihr ohne festes Ziel durch die Gegend und lenkte sein Auto in einen Abgrund. Anton und seine Tochter starben. Die polizeilichen Ermittlungen ergaben, dass es nach menschlichem Ermessen kein Unfall gewesen sein konnte.

Der Hang zur Selbstständigkeit

Tina und Olli, ein junges Ehepaar mit zwei kleinen Kindern, kam durch Ollis Arbeitslosigkeit in finanzielle Bedrängnis. Das Arbeitsamt riet ihnen zur Gründung einer Ich-AG. Olli sah es als Rettungsanker und kaufte sich mithilfe der Bank einen alten Lieferwagen und verkaufte für eine Großbäckerei Brotwaren auf eigene Rechnung.

Zunächst lief das Geschäft, bedingt durch den staatlichen Zuschuss, gut. Sie kamen über die Runden. Rücklagen zu bilden war jedoch nicht möglich.

Sobald die zeitlich begrenzte staatliche Unterstützung eingestellt wurde, kamen sie wieder in Schwierigkeiten. Die Kreditraten brachten sie nicht mehr auf. Die Bank erwirkte einen Vollstreckungsbescheid, die Vollstreckung verlief ergebnislos und beide gaben die eidesstattliche Versicherung über ihr Vermögen ab.

Die Ehe zerbrach. Sie trennten sich. Olli schlug sich mit Gelegenheitsarbeiten durch. Unterhalt für seine Familie zahlte er unregelmäßig. Tina, die gegenüber der Bank gebürgt hatte, war nun plötzlich aus Naivität und dem Vertrauen gegenüber ihrem Ehemann in die Schuldenspirale geraten. Die Forderung der hiesigen Bank belief sich auf etwa 4.000 Euro.

Tinas Eltern, sie stammte aus einem behüteten Elternhaus, litten unter der misslichen Lage ihrer Tochter, konnten ihr finanziell jedoch nicht helfen. Aus ihrem Bekanntenkreis bot man ihnen ein zinsloses Darlehn von 2.000 Euro unter Rückzahlung von 50 Euro monatlich an. Etwas verschämt fragten sie mich, ob dieser Betrag ihrer Tochter möglicherweise weiterhelfen könnte.

Ich schlug ihr einen Bittbrief an die Bank vor und half ihr bei der Formulierung. Die Bank begnügte sich mit 2.000 Euro und entließ sie aus der weiteren Haftung. Ihre Eintragung im Schuldnerverzeichnis des Amtsgerichts wurde gelöscht. Tina war mir sehr dankbar und glücklich darüber, dass sie nun keine Schulden mehr hatte.

Der Teufel Alkohol ruiniert Menschen

Elisabeth, eine intelligente Frau, beherrschte mehrere Fremdsprachen und hatte es in einem Leverkusener Werk bis zur Chefsekretärin gebracht. Sie heiratete einen erfolgreichen Steuerberater, erbte das Haus ihrer Eltern und lebte auf der Sonnenseite des Lebens. Nach einigen Jahren wurde sie schwanger. Ihr Mann war jedoch nicht der Vater. Den Namen des Erzeugers gab sie nie bekannt. Ihr Mann trennte sich von ihr und sie lebte mit dem Kind und ihrer Mutter zusammen. Finanziell ging es ihr zunächst sehr gut. Sie lebte ziemlich aufwendig und fühlte sich der gehobeneren Gesellschaftsschicht zugehörig.

Von ihrem Bekanntenkreis wurde sie jedoch nicht akzeptiert. Sie tröstete sich mit der Droge Alkohol, die sie, wie sie mir später erzählte, selbstbewusster machte.

Ihre Sucht fiel aber auch an ihrer Arbeitsstelle auf. Die von dort angebotene medizinische Hilfe lehnte sie ab. Nach einigen Verwarnungen wurde sie entlassen und bekam eine Abfindung.

Damit unternahm sie viele Weltreisen und belegte die teuersten Kabinen in den großen Vergnügungsschiffen. Schnell wurde ihr Vermögen weniger. Nach dem Tod ihrer Mutter ging es mit ihr rasend schnell bergab.

Ständig war sie alkoholisiert und bestellte bei großen Versandhäusern die unsinnigsten Sachen.

Viele Vollstreckungsanträge gingen bei mir ein. Die Forderungen wurden bei meinem Erscheinen auch ausgeglichen. Die Wohnung verdreckte immer stärker. Mir erzählte sie ihre Geschichte. Sie geleitete mich bei meinen Besuchen stets ins Schlafzimmer mit den Worten, dass ihre Wohnung nicht aufgeräumt sei. Auch das Schlafzimmer war nicht so geschmackvoll, dass man auf dumme Gedanken kommen konnte. Bei meiner letzten Vollstreckung bat sie mich in ihrem Schlafzimmer zu warten, sie müsse von der Bank das Geld holen. Sie setzte sich stark angetrunken in ihr Auto und fuhr los.

Für mich vergingen bange Minuten, doch sie kam schnell zurück und glich die Forderung aus. Kurze Zeit später bekam sie einen Betreuer, der sie in eine soziale Einrichtung brachte. Später kam sie, noch nicht einmal 65 Jahre alt, in ein Altersheim. Ihr Haus wurde verkauft und vom Kaufpreis werden die laufenden Kosten des Altersheims ausgeglichen.

Schade, dass intelligente Menschen so die Übersicht über ihr Leben verlieren.

Malermeister Edo

Malermeister Edo begleitete mich durch mein ganzes Gerichtsvollzieherleben. Fleißig war er, nur seine Buchführung war mehr als schlampig. Bei ihm war das Nichtausgleichen der Forderungen reine Schludrigkeit. Einmal im Monat besuchte ich ihn und er glich seine Schulden stets aus. Seine Familie konnte er mit seinem Ein-Mann-Betrieb gut versorgen.

Dann lernte er in einer Kneipe einen selbstsicheren jungen Mann kennen. Edo, ein ruhiger und nicht erzählfreudiger Mensch, war von dem Auftreten des jungen Mannes begeistert, der nach seinen Angaben eine mehrjährige kaufmännische Berufserfahrung hatte. Als der ihm die Übernahme seiner kaufmännischen Arbeiten anbot, schlug er direkt ein.

Lipo, so der Name des jungen Mannes, bot ihm nach kurzer Zeit seine geschäftliche Partnerschaft an und Edo schlug freudig zu.

Edo und Lipo vergrößerten ihren Betrieb und stellten mehrere Maler ein. In lokalen Zeitungen boten sie durch große Anzeigen ihre Dienste an. Das Geschäft boomte und der Aufschwung war enorm.

Edo kümmerte sich nur um seine Malerarbeiten, den gesamten kaufmännischen Bereich deckte Lipo ab.

Die gegen die Firma gerichteten Vollstreckungsanträge wurden zunächst immer von Lipo ausgeglichen. Edo sah ich jetzt sehr selten. Die Zahl der Vollstreckungsanträge stieg. Lipo zahlte nicht mehr in bar, sondern gab mir vordatierte Schecks, die zunächst auch von der Bank eingelöst wurden. Nach einiger Zeit buchte die Bank die Schecks zurück und Lipo war plötzlich mit unbekanntem Ziel verschwunden.

Edo war jetzt mein Ansprechpartner und wir stellten fest, dass Lipo in den letzten beiden Jahren enorme Barbeträge vom Konto abgehoben und sie für sich verbraucht hatte. Edo zahlte in den folgenden Monaten fast ein Jahr lang hohe Raten an mich mit der Hoffnung, die Schulden in der Gesamtheit abzutragen.

Als aber seine Frau mit den drei Kindern sich von ihm trennte, verlor er den Boden unter den Füßen und suchte im Alkohol Trost.

Arbeitstermine hielt er nicht mehr ein. Seine Kunden waren verärgert und das Geschäft ging stark zurück. Für die Bank pfändete ich die von ihr finanzierten Autos und versteigerte sie. Ihm wurde vom Gericht ein Betreuer zugeteilt, der ihn in einer sozialen Einrichtung unterbrachte. Dort war er gerne gesehen. Anfallende Malerarbeiten im Hause erledigte er zur vollsten Zufriedenheit. Er war jedoch stets bestrebt, schnell wieder eine eigene Wohnung zu haben.

Durch die Heimkontrolle hatte er nicht mehr die Gelegenheit alkoholische Getränke zu sich zu nehmen. Nach einigen Monaten gestattete der Betreuer ihm mit einigen Vorbehalten das Beziehen einer eigenen Wohnung. Einige Zeit konnte er ohne Alkohol leben. Die Miete zahlte das Sozialamt. Er wurde rückfällig, schlief mit einer brennenden Zigarette ein und die Nachbarn wurden durch beißenden Brandgeruch geweckt. Sie riefen die Feuerwehr. Die Wohnung wurde aufgebrochen und Edo kam mit einer starken Rauchvergiftung ins Krankenhaus.

Auf Drängen der Mitmieter reichte der Eigentümer die Räumungsklage gegen Edo ein. Der Antrag auf Räumung kam zu mir. Am Räumungsmorgen öffnete der Schlüsseldienstmitarbeiter die Wohnung. Edo lag total betrunken in seinem Bett und die Wohnung glich einer Müllkippe. In seinem Wahn glaubte er an einen Einbruch und rief lauthals um Hilfe und nach der Polizei. Erst nach einiger Zeit erkannte er mich und ich konfrontierte ihn mit der Räumung. Meine Räumungsbenachrichtigung lag ungeöffnet auf dem Tisch. Edo gab mir die Telefonnummer seiner Schwiegertochter. Ich rief an und sie erschien nach wenigen Minuten. Aus Platzgründen konnte sie ihn nicht aufnehmen und wir machten uns Gedanken über seine weitere Unterbringung. Er bekam schließlich nur eine Schlafstelle bei der Caritas in Leverkusen. Seine Wohnungseinrichtung ließ ich in die Müllverbrennungsanlage fahren. Später sah ich ihn, mich immer freundlich grüßend, im Pennermilieu.

Plötzlich biss Largo zu

Einmal in der Woche besuchte ich mindestens meinen Dauerschuldner Michael, einen selbstständigen Handwerksmeister.

Sein Schäferhund Largo freute sich stets, er bekam während des Ausfüllens des Pfändungsprotokolls mit meiner linken Hand seine Streicheleinheiten. An einem herrlichen Sommertag suchte ich mit 15 Vollstreckungsanträgen Michael auf. Ich traf seine Schwiegermutter Cilli an. Wir machten es uns im Garten gemütlich und ich füllte die Pfändungsprotokolle aus. Largo saß neben mir und genoss es, von mir gestreichelt zu werden. Meine Aktentasche stand vor seinem Kopf und spendete ihm etwas Schatten.

Nach 30 Minuten verabschiedete ich mich, nahm meine Tasche und legte die Pfändungsprotokolle hinein.

Hatte sich Largo erschrocken? War es die große Hitze? Plötzlich sprang er auf und biss sich in meinem Arm fest. Cilli holte ein Handtuch und legte es um meinen Arm. Largo zog sich mit einem Heulton ins Haus zurück. Mein Arm war zu einem kleinen Blutspringbrunnen geworden. Mit dem Fahrrad fuhr ich in das nur wenige Minuten entfernte Klinikum und wurde dort behandelt.

Eine Woche lang musste ich jeden Tag zur Nachbehandlung ins Klinikum und danach suchte ich noch drei Wochen alle zwei Tage meinen Hausarzt zur Kontrolle auf. Der Verband wurde ständig gewechselt und sah respektabel aus. Meine Kunden fragten und bedauerten mich; es war trotz der anfänglichen Schmerzen eine schöne Zeit. Einige Zeit danach bekam ich Post von Hundehalter und Hund:

„Hallo, guten Tag Herr Keiner,
ich hab von Anfang an gerochen, dass ich dich sehr mag. Was dann geschah, ich weiß es nicht. Aber Entschuldigung und gute Besserung."

Michael zahlte die Arztrechnungen prompt und die Sache war erledigt.
Largo begrüßte mich bei weiteren Vollstreckungen jeweils mit einem freudigen Heulton so, als wenn er mich nochmals um Entschuldigung bitten würde.

Gerichtsvollzieher im Wandel der Zeit

Im Laufe meiner langen Vollstreckungstätigkeit hat sich die Arbeit des Gerichtsvollziehers stark verändert. Meine Hauptarbeit bestand in den Jahren von 1966 bis 1990 in der Durchführung von Mobiliarpfändungen, das heißt, die gepfändeten Sachen versah ich mit dem der allgemeinen Bevölkerung bekannten Kuckuck. Früher war auf dem Pfandsiegel der deutsche Reichsadler abgebildet, der wohl einem Kuckuck sehr ähnlich sah. Dadurch ist wohl aus dem amtlichen Pfandsiegel der volkstümliche Kuckuck geworden.
Nach der Pfändung hat der Schuldner vier Wochen Zeit seine Forderung zu begleichen. Bietet er Ratenzahlungen an, kann die Zahlungsfrist bis zu einem Jahr verlängert werden.
Nach Ablauf der Zahlungsfristen wurden die gepfändeten Sachen in die so genannte Pfandkammer gebracht

und mit gutem Erlös versteigert. Die Gerichtsvollzieher schließen mit einer Spedition, für Leverkusen ist es die Firma Niesen GmbH, einen Pfandkammervertrag ab. Dieser muss von dem Direktor des jeweiligen Amtsgerichts genehmigt werden. Es war auch meine Aufgabe, die gepfändeten Sachen zu schätzen. Mit der Hälfte des entsprechenden Schätzwertes kann die Versteigerung beginnen.

Aus dem von mir zu führenden Lagerbuch will ich einen Auszug der gepfändeten Gegenstände geben.

Eingelagert wurden: eine Heizdecke, ein Staubsauger, eine Fernsehtruhe, ein Fernsehgerät, eine Waschmaschine, ein Kühlschrank, ein Radio, eine Standuhr, ein Wohnzimmerschrank, eine Couch, eine Wäscheschleuder, ein Kohleherd, ein Elektroherd, eine Teppichbrücke, ein Elektro-Ofen, eine Standheizung, eine mechanische Schreibmaschine, ein Fotoapparat (Agfa), ein Ölgemälde (Berglandschaft), eine Fernsehantenne.

In den letzten 15 Jahren meiner Arbeit habe ich kaum noch gepfändet. Die Kosten der Versteigerung wurden immer höher und der Erlös niedriger, sodass sehr oft noch nicht mal die Kosten der Versteigerung sich im Erlös widerspiegelten. Der Bedarf an gebrauchten Gegenständen war in der Bevölkerung einfach gedeckt.

Sara, die verhinderte Schauspielerin

Sara, ein überaus hübsches Mädchen, hatte sich in den Kopf gesetzt, Schauspielerin zu werden. An einigen Schönheitswettbewerben nahm sie erfolgreich teil. In erotischen Zeitungen konnte sie sich darstellen.

Sie lernte Oskar, einen gut aussehenden Leichtathletikleistungssportler kennen. Es wurde geheiratet und Oskar machte auch beruflich bei einer großen Leverkusener Firma Karriere. Nur mit dem Geld konnten sie nicht umgehen. Es wurde gekauft und gekauft, oft die unsinnigsten Sachen. Sara gebar zwei Kinder und die schauspielerische Karriere ging nicht voran.

Oskar versuchte sich als Glücksspieler und besuchte häufig Spielbanken, die Schuldenlast wurde immer größer und die Ehe zerbrach. Auch mit der Arbeitszeit nahm es Oskar nicht mehr so genau. Nach einigen Verwarnungen und gut gemeinten Ratschlägen verlor er trotz seiner Intelligenz und der sportlichen Erfolge seine Arbeitsstelle. Von nun ging es bergab: Das Vermögen seiner Eltern verspielte er auch in der Spielbank. Die Eltern belasteten ihr Haus, immer in der Hoffnung auf eine Änderung bei Oskar. Schließlich wurde das Haus versteigert und die Eltern starben kurze Zeit später völlig verarmt und zerbrochen.

Oskar entdeckte seine gleichgeschlechtliche Neigung, infizierte sich mit dem Aidsvirus und folgte sehr schnell seinen Eltern in den Tod.

Sara, noch immer sehr gut aussehend, bekam einige schauspielerische Nebenrollen, doch der große Durchbruch blieb ihr versagt.

Sie lernte den Bankangestellten Wilhelm kennen und nach kurzer Zeit heiratete sie ihn. Wieder schmiedete sie mit ihm große Pläne. Wilhelm gab seinen Job auf und machte sich in der Immobilienbranche selbstständig. Das Geschäft boomte, der wirtschaftliche Aufschwung schien gesichert. Autos der Extraklasse kauften und große Reisen unternahmen sie.

Plötzlich ging die Geschäftslage zurück, der finanzielle Alltag zog ein. Durch ihre Schauspieltätigkeit hatte Sara Verbindungen in die seidene Scheinwelt bekommen. Aus dieser Verbindung resultierte die Idee, Betäubungsmittel aus den Niederlanden in die Bundesrepublik zu transferieren. Lange ging es gut, und plötzlich wurden sie an der deutsch-niederländischen Grenze verhaftet. Auch Saras Bruder Hyronimus, bisher total unbescholten, betätigt sich als Drogenbote und wurde prompt geschnappt. Für mehrere Jahre wanderten sie in die Justizvollzugsanstalt. Die Erziehung der beiden Kinder übernahmen Saras Eltern. Heute leben Wilhelm und Sara, beide genau wie ich in die Jahre gekommen, von der Sozialhilfe. Sara ist noch heute eine gut aussehende

Frau, die bei richtiger Anleitung und einem soliden Umgang mit anderen Menschen durchaus eine viel bessere Lebensgestaltung erzielt hätte. Sara und Wilhelm freuen sich jedoch über ihre wohl geratenen Kinder und widmen sich heute der Betreuung ihrer Enkelkinder.

Schuldlos in den Fängen

Joachim, ein 19-Jähriger mit erfolgreich bestandenem Abitur mit sehr guter Note, eingeschriebener Jurastudent der Universität Köln, fuhr mit seinem Vater die Autohändler in der Umgebung ab. Vater Peter hatte ihm als Belohnung für seine gute Reifeprüfung ein gebrauchtes Auto versprochen.

In Bergisch Gladbach sahen sie bei einem Gebrauchtwagenhändler einen supergünstigen Golf. Dieser wurde direkt gekauft, vom Autohändler am nächsten Tag angemeldet und Joachim war stolz auf seine Errungenschaft.

Einige Tage später bekam ich eine einstweilige Verfügung, erlassen vom Amtsgericht Dortmund, gegen Peter mit dem Inhalt, das Auto sofort wieder herauszugeben.

Lothar hatte in Dortmund sein Auto in einer Lokalzeitung zum Verkauf angeboten.

Es meldeten sich bei ihm zwei gut gekleidete junge Männer, die an einem Kauf interessiert waren. Sie unternahmen mit Lothar eine Probefahrt. Lothar saß neben dem Fahrer und hatte den Kraftfahrzeugbrief und die Zulassung aufs Armaturenbrett gelegt. Während der Fahrt bat der im hinteren Teil des Fahrzeugs sitzende Mann Lothar darum, neben dem Fahrer Platz nehmen zu dürfen, damit er das Motorengeräusch besser überprüfen könne. Der Wagen hielt an, Lothar stieg aus und der zweite Mann stieg blitzschnell auf den Vordersitz und beide fuhren mit Vollgas davon.

Lothar war ausgetrickst und stand alleine am Straßenrand. Die beiden Unbekannten fuhren nach Bergisch Gladbach und boten dem Gebrauchtwagenhändler den

Wagen recht preiswert zum Ankauf an. Der kaufte und erhielt von den beiden jungen Männern die Fahrzeugpapiere.

Zwei Tage später kaufte Peter das Auto. Den Diebstahl hatte Lothar direkt durch eine Strafanzeige bei der Polizei in Dortmund dokumentiert, die auch das Straßenverkehrsamt in Dortmund benachrichtigt hatte. Die Durchschrift der Anmeldung des Autos wurde vom Straßenverkehrsamt Leverkusen nach Dortmund übersandt und Lothar erhielt die entsprechende Mitteilung vom dortigen Straßenverkehrsamt.

Lothar schaltete einen Anwalt ein und der beantragte die jetzt von mir zu vollstreckende einstweilige Verfügung.

Joachim und seine Eltern, alle nichts Böses ahnend, waren erschüttert über meinen Besuch. Sie hatten das Auto redlich gekauft und verstanden die Welt nicht mehr.

Das Auto hätte ich normalerweise beschlagnahmen und abschleppen lassen müssen.

Gemeinsam überlegten wir, wie eine vernünftige Lösung aussehen könnte. Ich rief den Gebrauchtwagenhändler, der auch sehr überrascht war, und Lothars Anwalt an.

Der Gebrauchtwagenhändler zahlte den Kaufpreis an mich, hielt allerdings 300 Mark für seine Bemühungen ein. Joachim zahlte die 300 Mark an mich und die Vollstreckungskosten und hatte dennoch ein preiswertes Auto, denn die beiden unbekannten Männer hatten das Auto dem Gebrauchtwarenhändler weit unter dem Zeitwert verkauft. Dieser konnte es deshalb günstig weiterverkaufen.

Joachim und Lothar waren sehr zufrieden. Nur der Gebrauchtwagenhändler hatte ein Verlustgeschäft gemacht. Ob die jungen Männer ermittelt werden konnten, kann ich nicht sagen.

Ich war froh, dass alle Beteiligten zufrieden waren und den Eindruck hatten, dass der Gerichtsvollzieher nicht ein autoritäres Staatsorgan ist, sondern auch nach Lösungsmöglichkeiten sucht, die in der manchmal starren Gesetzgebung nicht vorgeschrieben sind.

Nachgedanken

Seit dem 1. Februar 1966 war ich Gerichtsvollzieher bei dem Amtsgericht Leverkusen und habe meinen Dienst nach meinem 65jährigen Geburtstag am 31. Dezember 2004 beendet.

Zahlreiche Episoden, die ich teilweise in diesem Buch veröffentlichte, habe ich erlebt.

Menschen aus allen Bevölkerungsschichten habe ich kennen gelernt. Leichtsinnige, vertrauensselige, naive, ausgenutzte, sich verkalkulierende, kaufsüchtige und kriminelle Zeitgenossen sind mir in meiner beruflichen Arbeit begegnet. Der Gerichtsvollzieher als Einzelkämpfer steht seinen Kunden zunächst stets alleine gegenüber. Jeden Tag wird von ihm Einfühlungsvermögen, Nervenstärke, soziales Verhalten, Härte und Durchsetzungsvermögen verlangt.

Er ist losgelöst aus dem starren Innendienst, muss ein eigenes Büro unterhalten und wirtschaftlich arbeiten. Er erhält vom Staat ein festes Gehalt, das im mittleren Justizdienst angesiedelt ist, Gebührenanteile, Schreibauslagen und Wegegelder.

Von den Nebeneinnahmen muss er sein Büro finanzieren. Klar ausgedrückt heißt das, dass seine Familienmitglieder im Zuge der geringfügigen Beschäftigung mitarbeiten. Eine fremde Ganztagskraft lohnt sich nicht. Das Geld muss in der Familie bleiben.

Die Justizverwaltung prüft die Geschäftstätigkeit der Gerichtsvollzieher mehrmals im Jahr, vorgesetzte Dienstbehörde ist der Direktor des zuständigen Amtsgerichts. Er bearbeitet auch die Beschwerden der Parteien gegen den Gerichtsvollzieher. Sehr oft sind sie unberechtigt und werden aus dem ersten Ärger heraus erhoben.

Sie werden dem Gerichtsvollzieher zur Stellungnahme übersandt und der Direktor prüft dann das Verhalten des Gerichtsvollziehers.

Im Laufe meiner Arbeit habe ich nicht nur viele Kunden, sondern auch wechselnde Prüfungsbeamte, Kollegen und die vier Direktoren Schmitz, Dr. Schmitz-Beuting, Dr. Türpe und Merzbach erlebt.

Ein jeder der Direktoren hatte seine eigene Führungsmethode. Nach dem Motto: „Man kann es nicht allen recht machen" wurden sie gelobt, kritisiert und manchmal unfair angegangen. Wenn man an der Spitze einer Behörde steht, sind auch manchmal unpopuläre Entscheidungen notwendig.

Schmitz erlebte ich bei einer zurecht gegen mich erhobenen Dienstaufsichtsbeschwerde als polternden und schimpfenden Chef, der mich im Beisein des Beschwerdeführers auf meine Fehler aufmerksam machte und danach den Beschwerdeführer fragte, ob er die Beschwerde zurücknimmt.

Der stimmte, als er den jungen zerknirschten Gerichtsvollzieher sah, sofort zu.

Nach einigen Tagen rief mich Schmitz an und sagte: „Bitte nehmen Sie die Schelte nicht so tragisch, es war die beste Erledigung der Beschwerde."

Weiterhin rief mich der Beschwerdeführer an und teilte mir sein Mitleid mit und bedauerte die Einlegung der Beschwerde.

So waren wir alle zufrieden. Ein Zeichen dafür, dass auch kritische Situationen schnell und unbürokratisch geregelt werden können.

Dr. Schmitz-Beuting galt als hervorragender Jurist, der ein großes theoretisches Wissen hatte und sich aber in der Führung der Behörde zu 100 Prozent auf seine Verwaltungsabteilung verließ.

Folgendes Erlebnis hatte ich mit ihm:

An einem normalen Arbeitstag stellte ich mein Fahrzeug gegen 10 Uhr auf dem Parkplatz des Amtsgerichts ab. Gerichtsvollzieher haben keine feste Arbeitszeit. Dienstbeginn für die Bediensteten des Amtsgerichts ist um 7.30 Uhr. Ich sah Dr. Schmitz-Beuting auf der Gerichtsstraße.

Er blieb stehen und wartete auf mich.

Dr. Schmitz-Beuting: „Wo kommen Sie her?"

Antwort: „Von zu Hause."

Dr. Schmitz-Beuting: „Was halten Sie von der Arbeitszeit?"

Antwort: „Sehr viel."

Dr. Schmitz-Beuting: „Welche Entschuldigung haben Sie?"

Antwort: „Keine. Ich bin Gerichtsvollzieher."

Ich hatte den Eindruck, dass uns dieses Intermezzo beide etwas Freude bereitete.

Dr. Türpe nahm sich, als ein Anwalt mich mit Regressforderungen in beachtlicher Höhe konfrontierte, viel Zeit und beruhigte mich. Viele Telefonate erledigte er in dieser unangenehmen Sache und unterstützte mich im Schriftverkehr. Letztendlich sah der Anwalt ein, dass die Regressforderung auf sehr schwachen Argumenten aufgebaut war und verfolgte sie deshalb nicht mehr.

Direktor Merzbach übernahm die Behörde zu einem Zeitpunkt, als alle Gerichtsvollzieher arbeitsmäßig total überlastet waren und einige sich aus Erschöpfung resultierende Krankheiten einhandelten und dadurch längere Zeit ausfielen.

Vehement und sehr energisch setzte er sich bei den Justizverwaltungen für uns ein und erreichte eine heute optimale Besetzung im Gerichtsvollzieherdienst.

Sofort war er auch bereit, meinem Buch ein Vorwort zu widmen, dafür bin ich ihm sehr dankbar.

Die Gerichtsvollzieherarbeit war viele Jahre eine reine Männerdomäne. Erst Mitte der neunziger Jahre wurde uns die erste Gerichtsvollzieherin zugeteilt. Angela Prang kam sicherlich mit gemischten Gefühlen in die von Männern beherrschte Leverkusener Gerichtsvollzieherwelt.

Ich muss bekennen, dass mir diese Entwicklung gar nicht gefiel. Nach meiner Meinung war dieser Beruf nichts für Frauen. Nach kurzer Zeit revidierte ich meine Einstellung. In kurzen Zeitabständen traten die Kolleginnen Petra Kramer-Schmitz, Andrea Wagner, Klaudia Rippich, Silvia Wickinghoff und Andrea Flesch, die zwischenzeitlich der Liebe wegen nach Stuttgart versetzt wurde, ihren Dienst beim Amtsgericht Leverkusen an.

Sie haben das kollegiale Miteinander positiv beeinflusst und bearbeiten ihre Bezirke genauso gut wie die männlichen Kollegen Ulrich Rotmund, Helmut Gärtner, Oliver Wertenbach, Frank Siedenbiedel, Hartmut Kloss und Andreas Hau. Angela Prang hat hier auch ihr privates Glück gefunden. Sie heiratete den Kollegen Helmut Gärtner.

Die Familie im Wandel der Zeit

Im Zuge der in den letzten 20 Jahren praktizierenden Gleichberechtigung der Geschlechter hat sich das Familienbild stark gewandelt. Schön ist es, dass heute die Frau jeden Beruf ergreifen kann. Dies geht in vielen Fällen auf Kosten der Familien.

Bedingt durch den Erziehungsurlaub wird es stets zu arbeitsmäßigen Engpässen kommen. Die Frauen sind in der Statistik anwesend, aber in der Realität nicht. Auch das früher zitierte Argument: „Der Mann kann sich ja auch den Erziehungsurlaub nehmen" hat sich in der Praxis wohl nicht bewährt.

Die den Erziehungsurlaub nehmenden Männer sind eine Seltenheit.

Bei einer Beschäftigung beider Lebens- oder Ehepartner gibt es sicherlich in der Beaufsichtigung und Erziehung der Kinder Schwierigkeiten.

Ich will nicht missverstanden werden, den Frauen gönne ich den beruflichen Erfolg; aber in dem Bestand der Familie kann es zu Problemen kommen.

Wie ich schon erwähnte, hat sich das Arbeitsbild des Gerichtsvollziehers in den letzten Jahren stark gewandelt. Die Mobiliarpfändung spielt heute keine Rolle mehr.

Mit diesem Wissen wurde uns zum 1. Januar 1999 das gesamte Offenbarungsverfahren übertragen. Besser ist es unter dem Begriff Offenbarungseid bekannt. Heute kann der Gerichtsvollzieher innerhalb dieses Verfahrens Raten bis zu acht Monaten gewähren.

Erscheint der Schuldner trotz ordnungsmäßiger Ladung nicht, so ist der Gerichtsvollzieher zur Beantragung eines Erzwingungshaftbefehls verpflichtet. Stellt der Schuldner sich weiterhin quer, so hat das seine Einlieferung in die Justizvollzugsanstalt zur Folge. Dort kann er bis zu sechs Monaten festgehalten werden. Innerhalb dieser Zeit hat er stets die Möglichkeit, die eidesstattliche Versicherung über sein Vermögen abzugeben. Die Verwaltung der Justizvollzugsanstalt muss seiner Bitte sofort nachkommen.

Für unseren Bezirk ist die Justizvollstreckungsanstalt Köln zuständig. Bei dem Amtsgericht Köln ist für diese Zwecke ein Gerichtsvollzieher-Eildienst eingerichtet worden. Nach der Abgabe der eidesstattlichen Versicherung ist der Schuldner sofort zu entlassen.

Die Abgabe der eidesstattlichen Versicherung wird in das bei dem Amtsgericht zu führende Schuldnerverzeichnis eingetragen. Die Dauer der Eintragung beträgt drei Jahre. Nach einer eventuellen Zahlung ist die sofortige Löschung der Eintragung möglich.

In der Praxis sieht die Vollstreckung eines Haftbefehls so aus, dass der Gerichtsvollzieher bei ganz hartnäckigen Schuldnern, die trotz mehrmaliger schriftlicher Bitten freiwillig nicht erscheinen, mit der Polizei die Wohnung des Schuldners aufsucht. Beim Antreffen des Schuldners hat er oder sie unter dem Eindruck der Polizei die eidesstattliche Versicherung stets abgegeben. Eine Einlieferung in die Justizvollzugsanstalt war in meiner praktischen Arbeit sehr selten notwendig.

Kleine Kuriositäten

Am Rande möchte ich noch kleinere Geschichten und Gedanken erwähnen, die mich durch meine Arbeit begleitet haben.

Da war noch ...

... der etwa 13jährige Junge. Er begegnete mir im Treppenhaus einer Notunterkunft mit einem Fernsehgerät. Meine Frage, wo er denn hin wolle, beantwortete er: „Der Keiner ist unterwegs, ich muss das Gerät in den Keller bringen."

... der Drogist, der mir nach einem Wortwechsel einen Tee als Versöhnungsgetränk reichte und mich bei der nächsten Vollstreckung süffisant fragte, ob mir das Getränk geschmeckt hätte. Ich antwortete: „Ausgezeichnet." In Wirklichkeit war es wohl ein Abführmittel, das meine Darmtätigkeit unkontrollierbar machte. Ich musste meine Kleider wechseln.

... der verschämte Schuldner, der mir nach dem sonntäglichen Gottesdienst unauffällig Geld in die Manteltasche schob und mir zuflüsterte: „Die Quittung können Sie mir in den Briefkasten werfen."

... der Kunde, der mich aus Südamerika anrief und bat, einen Vollstreckungstermin um einen Monat zu vertagen. Einige Stunden später traf ich ihn in der Schlebuscher Fußgängerzone. Etwas irritiert schaute er in eine andere Richtung.

... der Anonyme, der mir aus Thailand eine Urlaubskarte mit dem Wortlaut übersandte: „Jeden Tag eine Frau vernascht, das kannst du armer Gerichtsvollzieher dir nicht leisten. Auf Wiedersehen bis zur nächsten Pfändung."

... das Licht, das in einer Wohnung der Notunterkunft nach meinem Klopfen plötzlich erlosch und nach einigen Minuten wieder eingeschaltet wurde mit den Worten: „Es ist nur der Gerichtsvollzieher." Man hatte einen Kontrolleur der Energieversorgung vermutet, die die Stromzufuhr wegen Nichtzahlung unterbrochen hatte. Meine Kunden hatten die Flurbeleuchtung angezapft.

... das dreijährige Kind, das mir freudestrahlend die Tür

öffnete und mich umarmte mit den Worten: „Papa, schön, dass du da bist." Es hatte seinen Vater erwartet, der an diesem Tage sein Besuchsrecht wahrnehmen sollte.

... die etwa 17jährige Tochter des Hauses, die mich freudestrahlend an der Haustüre empfing mit den Worten: „Ich zeige Ihnen das wunderschöne Zimmer." Sie hatte einen Studenten erwartet, der das von ihren Eltern in der Lokalzeitung angebotene Zimmer anmieten wollte.

... die aus Köln zugezogene Hausfrau, die mich voller Freude mit den Worten begrüßte: „Schön, dass Sie gekommen sind." Sie war der Meinung, ich würde sie im Auftrage der katholischen Kirche als neues Pfarrmitglied willkommen heißen. Sie hatte mich beim Gottesdienst als Lektor gesehen.

Damals und heute

Kurz nach dem am 1. September 1939 gestarteten Überfall der Deutschen auf Polen wurde ich am 19. Dezember geboren.

Die Kriegszeit 1943 bis 1945 habe ich noch in guter Erinnerung. Immer, wenn in der Nacht die Alarmsirenen einen Angriff ankündigten, meine Mutter mich aus dem Bett holte und wir über die Straßen in den nächsten Luftschutzbunker liefen, verspürte ich Freude, Abwechslung und Spannung. Die Tragik erkannte ich noch nicht. Den Feuerregen wollte ich immer aufgreifen, ich hielt ihn für weiße Regentropfen. Auch als wir an einem Morgen aus dem Luftschutzbunker zurück in unsere Wohnung wollten, war das Sehen des zerbombten und nicht mehr bewohnbaren Hauses eine besondere Spannung. Mit bloßen Händen suchten wir nach Kleidungsstücken und brauchbaren Haushaltsgegenständen.

Sofort wurden wir, meine Mutter und ich, nach Schakkensleben bei Magdeburg evakuiert. Im Juni 1945 kehrten wir nach Rheydt, jetzt Mönchengladbach, zurück. Wir bekamen eine Notwohnung.

Mein Vater war in Russland verschollen und kehrte nicht mehr zurück.

Nach der Kapitulation Deutschlands am 8. Mai 1945 war unser Land zerbrochen. Hungersnot herrschte in den Städten.

Tauschgeschäfte wurden durchgeführt und Kohlen von den Güterzügen gestohlen. Die vier Siegermächte teilten Deutschland in Besatzungszonen auf. Es würde den Rahmen dieses Buches sprengen, wenn ich die Nachkriegszeit aus meiner Sicht genau beschreiben würde. Vielleicht ergibt sich das aus einem neuen Buch.

Am 21. Juni 1948 wurde die Deutsche Mark eingeführt. Man bekam wieder etwas für sein Geld.

Am 7. September 1949 gründete sich die westlich orientierte Bundesrepublik und am 7. Oktober 1949 die ihrem großen Bruder Russland zugewandte Deutsche Demokratische Republik.

Wir in der Bundesrepublik erlebten langsam und stetig den finanziellen Erfolg und die Anerkennung in der Welt. Auch die Erringung der Fußballweltmeisterschaft 1954 gab uns Deutschen ein starkes Selbstwertgefühl. Die Spieler Turek, Posipal, Kohlmeyer, Eckel, Liebrich, Mai, Rahn, Morlock, Otmar Walter, Fritz Walter und Schäfer wurden durch ihren 3:2-Sieg gegen die als unschlagbar geltenden Ungarn Nationalhelden. Ich erlebte den Sieg als Fernsehsendung im Kolpinghaus Rheydt, für 50 Pfennig Eintritt. Bedingt durch meine nicht so erhebliche Körpergröße konnte ich mich nur durch das Temperament und den Gefühlsausbrüchen in dem Saal über den Verlauf des Spiels orientieren. Gesehen habe ich nichts: Der Saal war total ausverkauft.

Und was ist heute? Die Regierungen versuchen durch die Privatisierung von Teilbehörden und den Verkauf von landeseigenen Firmen die desolate finanzielle Lage in den Griff zu bekommen. Auch die Gerichtsvollzieher sollen vielleicht privatisiert werden. Die Idee kam von unserem Berufsverband und wird zurzeit mit den Justiz-

und Finanzministerien der Länder diskutiert. Es herrscht jedoch auch in diesen Gremien die Meinung, dass eine Eingliederung der Gerichtsvollzieher in das feste Gefüge der Gerichte möglich ist.

Die persönliche Kontaktaufnahme zum Schuldner soll unterbleiben.

Ich halte diesen Gedankengang für falsch. Im Interesse der Gläubiger ist der Besuch und die Kontaktaufnahme des Gerichtsvollziehers mit dem Schuldner unerlässlich, denn nur dadurch kann er durch Einfühlungsvermögen und Überzeugungskraft Ratenzahlungen erzielen.

Niemand von uns hat eine Patentlösung zur Besserung. Wir können nur trotz aller Politikverdrossenheit hoffen, dass unsere Volksvertreter gemeinsam dem Volke dienen.

Wünschen wir uns, dass nie einer rechtsradikalen Partei die Mehrheit vergönnt ist und uns wie 1933 ins Unglück stürzt, denn auch die damals vorhandene Arbeitslosigkeit war der Ursprung der Erfolge der NSDAP im Jahre 1930 und der Anfang vom Ende Deutschlands im Jahre 1945.

Danksagung

Am Ende dieses Buches möchte ich mich bei einigen Menschen bedanken, die mich während meiner langen Dienstzeit zeitweise begleiteten.

Zuerst bei den Mitarbeitern der Spedition Niesen, die trotz der oftmals verdreckten Wohnungen bei Zwangsräumungen ihre unangenehme Arbeit versahen und durch ihr ruhiges und besonnenes Wesen manche Eskalation verhinderten.

Bei Gert Schrader, der Tag und Nacht, an Sonn- und Feiertagen, stets für die Gerichtsvollzieher zur Verfügung stand. Mit oft stoischer Ruhe öffnete er jede Wohnung und schritt nach der Öffnung mir mutig voran.

Bei den Kolleginnen und Kollegen, die mir stets mit gutem Rat zur Seite standen.

Bei den Polizistinnen und Polizisten, die in schwierigen Fällen stets kooperativ mitarbeiteten.

Bei den Mitarbeitern des Amtsgerichts Leverkusen. Obwohl die Gerichtsvollzieher immer etwas außerhalb des eigentlichen Innendienstes standen, haben sie den Kontakt zu uns stets kollegial gepflegt. Bei den Anwälten, besonders aus dem hiesigen Bezirk, die durch unsere zeitweise enorme Belastung bedingt - die langen Erledigungszeiten hinnahmen.

Ein ganz besonderer Dank gilt den Wachtmeistern, die unsere Fächer mit Aufträgen füllten und bei zwangsweisen Vorführungen uns unterstützten. Sie müssen sich als Empfangskomitee bei der Personenkontrolle manchen Ärger anhören.

Bei den örtlichen Prüfungsbeamten und den Bezirksrevisoren, die meine Geschäftsführung überprüften und meine oft wohl angeborene Unordnung tolerierten.

Bei meiner Ehefrau, die die Büroarbeit organisierte, meine Unordnung in Grenzen hielt und sehr oft meinen Bezirksärger auffing. Bei meiner Tochter, die in ihrem Vateranteil oft zu kurz kam.

Und nicht zuletzt bei den Vertretern unseres Berufsverbandes, die trotz ihrer wenigen Freizeit und der oft großen beruflichen Arbeitsbelastung ehrenamtlich unsere Interessen bei den Justizverwaltungen vertraten. Stellvertretend für alle darf ich die beiden Vorsitzenden des Bezirksverbandes Köln, Winfried Pesch und Hans Lambertus nennen. Ich wünsche den Verbandsvertretern bei den komplizierten Verhandlungen mit den Justiz- und Finanzverwaltungen viel Erfolg.

Schlusswort

Ich habe mich bemüht, im Inhalt dieses Buches einen Überblick über das Berufsleben eines Gerichtsvollziehers zu geben. Wie der Direktor des Amtsgerichts Leverkusen in seinem Vorwort erwähnt, ist der Gerichtsvollzieher nicht nur der kühle, nach dem Gesetz und den

Verwaltungsvorschriften, Vollstrecker, sondern auch oft Vermittler, Seelsorger und Berater. Darum habe ich mich ständig bemüht und hoffentlich auch teilweise Erfolg gehabt.

Wenn es mir gelungen sein sollte, den Leser zum Nachdenken darüber zu verleiten, dass unser tägliches Miteinander sehr oft eine Parallele zu dem Inhalt dieses Buches sein könnte, wäre ich sehr froh. Ihre Meinung, liebe Leserinnen und Leser, auch kritischer Art, würde mich interessieren.

Ich wünsche Ihnen und mir...

... dass wir von niemandem Böses, sondern nur Gutes denken;

... dass wir das Verhalten unserer Mitmenschen, denen wir begegnen im bestmöglichen Sinne auslegen;

... dass wir jedem Menschen, mit dem wir in Verbindung treten, wohlwollende Gedanken schenken;

... dass wir zuversichtlich denken und schlechte und entmutigende Gedanken aus unserem Kopf entfernen.

Begriffsregister

Amtshaftungsklage
Da bei Schadensfällen, die von Beamten durch Verletzungen ihrer Dienstpflichten eintreten, nicht diese selbst dem Geschädigten gegenüber haften, müssen solche Forderungen gegenüber dem Dienstherrn des Beamten (etwa Kommunalbehörde, Land, Bund) geltend gemacht werden. Bei Vorsatz und grober Fahrlässigkeit kann dann der Dienstherr Rückgriff bei Beamten nehmen.

Arrest/Arrestbefehl
Form der schnellen Vollstreckung. Ein Arrest ist innerhalb eines Tages beim Gericht zu erhalten. Er wird unterschieden in dinglichen und persönlichen Arrest.
Der dingliche Arrest sichert dem Gläubiger nur den Zugriff auf seine Forderung, gepfändetes Geld oder Gut ist zu hinterlegen. Es darf nur gepfändet, aber nicht versteigert werden. Erst wenn durch Klage beim Gericht letztendlich positiv für den Gläubiger entschieden ist, kann er sich aus dem vorher sichergestellten Geld/Pfandgut bedienen.
Der persönliche Arrest kommt immer dann zum Zuge, wenn sich der Schuldner ins Ausland absetzen will. Dann kann er sogar inhaftiert werden.

Dienstaufsichtsbeschwerde
Bewirkt, dass das dienstliche Verhalten des Gerichtsvollziehers überprüft wird, endet gegebenenfalls mit Maßnamen der Dienstaufsicht.
Oft auch wird die Dienstaufsichtsbeschwerde aus Unkenntnis erhoben, um sich gegen Entscheidungen des Gerichtsvollziehers zu wehren.

Disziplinarverfahren
Verfahren seitens der Dienstaufsicht bei Verstößen des Beamten gegen Gesetze. Kann mit Verweis, Gehaltsabzug, Rückstufung und Entfernung aus dem Dienst enden.

Durchsuchungsbeschluss
Wird auf Antrag vom Richter erlassen und ermächtigt den Gerichtsvollzieher, auch in Abwesenheit des Schuldners dessen Wohn-/Geschäftsräume öffnen zu lassen und zu durchsuchen.

Eidesstattliche Versicherung
Nach durchgeführter, erfolgloser Vollstreckung ist der Schuldner auf Aufforderung verpflichtet dem Gerichtsvollzieher sein Vermögen zu offenbaren. Notfalls kann das Gericht einen Erzwingungshaftbefehl erlassen.

Einstweilige Verfügung
Wie der Name schon sagt, regelt sie einen einstweiligen Zustand. Sie ist wie der Arrest relativ schnell vom Gericht zu erhalten. Der Richter entscheidet meist ohne vorherige Anhörung der Gegenseite.
In der Praxis bedeutet das oft, dass der Gerichtsvollzieher, der den einstweiligen Zustand herstellen soll, in die Richterrolle gedrängt wird.

Gläubiger
Derjenige, der glaubt, er erhält von seinem Schuldner Geld.

Kindesherausgabevollstreckung
Schlechte Bezeichnung und unangenehmste Gerichtsvollzieherarbeit. Die Eltern einigen sich nicht, wer das Kind erhält, das Familiengericht muss entscheiden. Der Gerichtsvollzieher sieht zu, dass er das Kind herausholt, ohne ihm zu schaden.

Kontopfändung
Beschlagnahmt alle bei der Bank bestehenden Guthaben. Sogar der Zutritt zum Schließfach kann mittels eines Beschlusses erzwungen werden.

Kuckuck
Landläufiger Ausdruck für das Pfandsiegel.

Lösungssumme
Wird meist im Arrestbeschluss ausgesprochen, damit der Arrestgegner sich durch Hinterlegung von Geld entweder der bevorstehenden Pfändung oder aber von der bevorstehenden Inhaftierung freikaufen kann.

Lohnpfändung
Wird dem Arbeitgeber zugestellt und verpflichtet ihn, den pfändbaren Betrag abzuführen. Im Weigerungsfall haftet der Arbeitgeber.

Mahnbescheid - früher Zahlungsbefehl -
Gerichtliche Entscheidung, Vorstufe zum Vollstrekkungsbescheid - früher Vollstreckungsbefehl -.

Pfändung
Staatliche Beschlagnahme von Gegenständen mittels Inbesitznahme durch den Gerichtsvollzieher. Deklaration nach außen erfolgt durch Anbringen eines Pfandsiegels.

Pfandsiegel
Roter Aufkleber in Streichholzschachtelgröße, erforderlich zur Kennzeichnung gepfändeter Einzelgegenstände.

Pfandverschleppung
Entzug von Pfandsachen vor der Verwertung, strafbare Handlung nach § 289 BGB, Freiheitsstrafe bis zu drei Jahren oder Geldstrafe.

Pfandkammer
Jeder Gerichtsvollzieher ist verpflichtet, eine solche zu unterhalten. Hier wird das Pfandgut eingelagert und versteigert.

Räumungsvollstreckung
Durchführung einer Vollstreckung zur Herausgabe von Immobilien, meist Wohnungen, in der letzten Zeit auch immer öfter Geschäfte.

Schlosserzettel
Benachrichtigung vom Vollstreckungstermin mit dem Hinweis, dass bei Abwesenheit auch die zwangsweise Öffnung durch den Schlosser - Schlüsseldienst - durchgeführt werden kann.

Schuldner
Wie der Name schon sagt, der schuldet etwas.

Taschenpfändung
Eine Pfändung, die beim Schuldner selbst ausgeführt wird. Hier werden die Hosentaschen, Hemdtaschen, Handtaschen des Schuldners nach Verwertbarem - meistens Geld - durchsucht.

Titel
Vollstreckungsbescheid, notarielle Urkunde, vollstreckbarer Beitragsbescheid, Urteil, Kostenfestsetzungsbeschluss, in denen der Schuldner zur Zahlung verpflichtet ist.
Vorlage beim Gerichtsvollzieher ist unbedingte Voraussetzung für die Vollstreckung.

Vollstreckung
Sie ist die Folge der auf Antrag und der Vorlage des Titels eingeleitete Zwangsmaßnahme durch den Gerichtsvollzieher.

Vollstreckungsbescheid
Nachdem auf einen Mahnbescheid keine Zahlung und kein Widerspruch erfolgt ist, wird auf Antrag des Gläubigers der Vollstreckungsbescheid beim Amtsgericht erlassen. Dieser Bescheid gilt als Titel und kann auf Antrag vom Gerichtsvollzieher vollstreckt werden.

Vollstreckungserinnerung
Rechtsbehelf gegen Verfahren bei der Zwangsvollstreckung.

Widerspruch
Rechtsbehelf unter anderem gegen den Mahnbescheid, verhindert bei rechtzeitiger Einlegung den Erlass des Vollstreckungsbescheids und damit zumindest vorerst die Vollstreckung.

Widerstand gegen Vollstreckungsbeamte
Wird nach § 113 StGB mit einer Freiheitsstrafe bis zu zwei Jahren oder mit Geldstrafe geahndet.

Zustellung
Beurkundete Übergabe eines Schriftstücks durch die Post oder den Gerichtsvollzieher zur späteren Beweisführung.

Zwangsversteigerung
Eine Art der Veräußerung von mobilen Pfandstücken durch den Gerichtsvollzieher. Ausruf zu einem Gebot von mindestens der Hälfte des Schätzwertes, Zuschlag und damit Eigentumsübergang an den Höchstbietenden nach dreimaligem Aufruf gegen gleichzeitige Barzahlung.

Zwangsvollstreckung
Durchsetzung einer gerichtlichen Entscheidung durch einen Gerichtsvollzieher nach erfolgloser Aufforderung zur freiwilligen Leistung an den Schuldner.